長編官能ロマン

淫らな調査

見習い探偵、疾る!

牧村　僚

祥伝社文庫

目次

第一章　憧憬《どうけい》

1

地下鉄丸ノ内線の四谷《よつや》三丁目駅で降り、地上にあがってきたところで、山根淳一《やまねじゅんいち》は大あくびをした。建ち並んだビルの切れ目から射し込んでくる太陽の光が、やけにまぶしい。

きのうは隣室の男が部屋に女性を連れ込み、明け方近くまで二人で妖しい声を響かせていたため、ぐっすり眠ることができなかった。

山根は二十六歳。司法試験に二度落ちて、浪人中の身だ。住まいは東池袋《いけぶくろ》にある古いモルタルのアパートで、家賃は三万五千円。トイレは部屋にあるものの、風呂はついていない。自分の立場を考えれば文句は言えないが、壁の薄さには閉口している。

大学を出て四年、当然、親の援助などは受けられない。生計のために、これから出向く片桐恭三《かたぎりきようぞう》法律事務所で調査員のアルバイトをさせてもらっているのだ。

ぼくにも奈津美《なつみ》さんみたいな恋人がいたらな。あんな声を聞かされたぐらいで、悶々とすることもないんだけど。

山根にはあこがれの女性がいる。岩瀬《いわせ》奈津美、三十一歳。片桐恭三法律事務所に所属する弁護士の一人で、いまだに独身だ。

四年前に初めて会った瞬間から、山根は奈津美の大ファンになってしまった。細くびれたウエストとボリュームたっぷりのヒップに、まず目を引き寄せられた。

初対面のとき、奈津美は前に深いスリットの入ったスカートをはいていた。そこからのぞいていたふとももが、たまらなくなるほど刺激的だった。むっちりした奈津美のふとももを思い描いて、その晩、さっそくオナニーしたのを覚えている。

でも、なかなか司法試験にも通らないようなぼくじゃ、奈津美さんとは釣り合わないよな。彼女が早く結婚でもしてくれれば、あきらめもつくんだけど。

ため息をついた山根の脳裏《のうり》に、一人の男の顔が浮かんできた。

諸岡明人《もろおかあきひと》、三十七歳。新宿歌舞伎町《しんじゆくかぶき》で調査会社をやっている男だ。昔ふうに言えば私立探偵で、彼もよく事務所に出入りしている。

諸岡は大学卒業前に司法試験に合格し、修習後はここで弁護士として活動を始めたものの、どういう事情があったのか、探偵業に移ってしまったのだという。

この諸岡こそ、奈津美の恋人とされている男なのだ。もう七年近くも付き合っているらしい。仕事はできる男だし、かなわないという思いはあるものの、事務所で諸岡を見かけるたびに、山根はついライバル意識を燃やしてしまう。

もう一人、脳裏に女性の顔が浮かんできた。柳瀬澄江《やなせすみえ》。山根と同じく、事務所でアルバイトをしている女の子だ。彼女の場合は私大の法学部を出て、法科大学院に進んでいる。新制度での司法試験を目指しているわけだ。

事務所のスタッフたちの中には、山根と澄江が付き合っていると勘違いしている者が多い。年齢も近いし、そう思われても仕方がない部分もある。

確かに、山根は澄江にも惹《ひ》かれるものを感じてはいる。だが、べつに彼女を恋人にしたいとは思わなかった。

澄ちゃんは、絶対に諸岡さんのことが好きなんだよな。

事務所での澄江の態度から、山根はそう確信していた。諸岡には奈津美という恋人がいるわけだから、澄江のほうも山根同様、思いを遂《と》げることはできないのかもしれない。

だが、こんなふうにも思える。もし万一、澄江が諸岡と一緒になってくれたら、山根にも奈津美と付き合える可能性が出てくる気がするのだ。可能性は低いだろうが、それを望まずにはいられない。

いろいろ考えているうちに、山根は事務所の入っているビルに着いた。七階建てで、一階はドラッグストアー、上の階にはサラ金などもある、まさに雑居ビルだ。階段で二階へのぼり、奈津美に会えることを期待しながらドアを開ける。

「おはようございます」

大きな声で挨拶《あいさつ》してみたが、残念ながら奈津美は不在だった。予定が書かれたホワイトボードに目をやると、きょうの奈津美は一日中、打ち合わせで外出となっている。

がっかりした山根の耳に、諸岡の声が聞こえてきた。電話でだれかと話している。

「悪いな。そういうわけで、ちょっと無理なんだ。うん、なんとか頼んでみる。じゃあ」

電話を切った瞬間、諸岡は山根に気づいたようだった。Tシャツに綿パン、それにやはり綿の上着というラフな格好で、山根のデスクに近づいてくる。

奈津美を間に挟んで、いわば恋敵《こいがたき》ということになるわけだが、山根は諸岡が嫌いではなかった。なぜ弁護士を辞めて探偵などをしているのか疑問は感じるものの、その行動力には尊敬の念さえ抱いている。

「ちょうどよかった。おまえを待ってたんだ、山根。いま忙しいか？」

「いいえ、そうでもありません。高山《たかやま》先生の仕事が、きのうで一段落しましたから」

「実はいま電話で奈津美からヘルプを頼まれたんだが、俺は仕事が詰まっていてな。おまえ、代わりにやってくれよ」

「ぼくがですか？」

山根はどきどきしてきた。全部で五人いる弁護士のうち、彼が担当しているのは、主に所長の片桐恭三と高山弁護士に関係した調査だ。ここへ出入りするようになってもう四年になるが、奈津美の仕事を手伝ったことは、まだ一度もない。

「かまいませんけど、何をすればいいんですか」

「俺もまだ詳しくは聞いてないんだ。T大関係の調査だってこと以外はな」

「えっ？」

T大は北関東のT市にある国立大学だ。山根はそこの法学部を出ている。

「なんとかいう教授に相談されたらしいんだ。おまえも知ってるだろう？　このひと月ぐらいの間に、あいつが何度かT市へ行ってたこと」

奈津美がT市へ出かけていたのは事実だった。しかし、仕事の内容は不明だった。共同の事務所とはいっても、五人の弁護士は独立した存在で、相談でも受けない限り、それぞれがかかえている事案についてはお互いに知らないことのほうが多い。

諸岡や山根同様、おそらくほかの弁護士たちも、奈津美が追いかけているものがなんなのか、承知してはいないだろう。

「そういえば、T市へもずいぶん行きやすくなったようだな」

「ええ。鉄道が通りましたから」

山根が在学していたころは、上野《うえの》からJRの特急に一時間ほど乗ったあと、さらに三十分近くバスに揺られなければならなかった。新しい鉄道を使えば、都心から約四十五分で大学の近くまで行けてしまう。

「おまえ、あのへんに下宿してたのか」

「二年生まで寮にいて、あとは近くにアパートを借りてました」

「そういえば一馬《かずま》も、三年になって寮を出たとか言ってたな」

一馬というのは村井《むらい》一馬。諸岡と中学、高校の同級生だった男だ。いまは新宿区役所の職員だが、T大の先輩ということで諸岡に紹介され、山根も仲良くしてもらっている。

「奈津美に話しておくか」

諸岡は携帯電話を取り出し、奈津美にかけたようだった。自分の代わりに山根ではどうだ、と尋ねている。

しばらく話したところで、諸岡が携帯を差し出してきた。山根は受話器を耳に当てる。

「ああ、山根くん？　明人が話したとおりなの。悪いけど、手伝ってくれるかな」

「喜んで。でも、ぼくで大丈夫なんですか」

「あなたならぴったりよ。T大にも行ってもらうことになるかもしれないし」

奈津美の声を聞いているだけで、山根は興奮してしまった。肉感的な体の映像が脳裏に広がり、股間に血液が集まりだした。ズボンの前が、いっぺんに窮屈《きゅうくつ》になってしまう。

「山根くん、今夜、予定は？」

「べつにありません」

「七時に西新宿のKホテルまで来てくれないかな。二階のレストランで待ってるから」

「わかりました。か、必ずうかがいます」

電話を諸岡に返すと、山根はトイレに直行した。このままでは、興奮していることを諸岡に悟《さと》られてしまいそうな気がしたからだ。

個室に入り、ズボンとブリーフをおろしてみると、ペニスは隆々とそそり立っていた。ほとんど下腹部に貼りついている。

奈津美のことを考えて、一度、出してしまおうかとも考えたが、なんとか思いとどまった。まだ出社したばかりなのだ。高山弁護士に提出する報告書を書かなければならないし、サボっているわけにはいかない。

イチモツが落ち着くのを待って事務所に戻ると、諸岡はもう姿を消していた。山根がトイレに入っている間に出社したらしい澄江が、笑顔で声をかけてくる。

「山根さん、ボスがお呼びよ」

「ボスが？　なんだろうな」

首をかしげながら、山根は澄江の全身に視線を走らせた。きちんとスーツは着ているものの、スカートの丈は短かった。いつものことだが、裾《すそ》から露出した素足の白いふとももに、どうしても性感を刺激されてしまう。

「ハッパをかけられるんじゃないの？　頑張って早く合格しろって」

決してからかうような口調ではなかった。付き合っているわけではないが、澄江も山根のことは応援してくれているのだろう。

ノックして所長室に入ると、片桐はソファーで新聞を読んでいた。顎《あご》をしゃくって、山根に座るように指示してくる。

「いま奈津美から電話があった。おまえ、しばらくは専属で彼女を手伝ってやってくれ」

「承知しました。どういう内容か、所長はご存じなんですか」

「いや、細かいことは何も聞いてない。もうほとんど解決しそうなところまで来ていて、あとは確認だけだって話だったがな。T大がからんでるんで、ぜひおまえに手伝ってもらいたいそうだ」

ほんとうは諸岡に手伝ってほしかったのだろう。彼が忙しくなったことが、山根にとっては幸運だった。奈津美の仕事に関われるというだけで、なんとなく幸せな気分になる。

「ところで、どうだ？　勉強のほうは」

「はあ、なんとか頑張ってます」

「次は受けられそうか」

山根は即答できなかった。二度目の司法試験に失敗したあと、絶対に合格できると確信が持てるまで、受けるのはやめようと決意していた。その後も勉強は続けているが、なかなか自信が湧《わ》くところまではいかない。

三年後には旧制度の試験は廃止されるため、山根も新制度での受験を強《し》いられることになる。法科大学院へは行っていないため、そうなると別に受験資格を得るための試験も受けなければならない。

返事をためらっている山根を見て、片桐はにやりと笑った。

「おまえ、もしかして坊主《ぼうず》に影響されてるんじゃないか？」

山根はぎくりとした。

坊主というのは、諸岡のことだ。この事務所は名前こそ片桐となっているが、もともとは諸岡の父親と片桐が共同で始めたものなのだ。

相棒は亡くなったものの、親友の息子だけに、三十七になったいまも、片桐は諸岡のことを坊主などと呼んでいる。

確かに影響されてるよな、諸岡さんに。

このごろの自分があまり司法試験にこだわっていないことに、山根は気づいていた。それは間違いなく諸岡のせいだった。奈津美に対する態度に不満はあるものの、諸岡のような生き方もあることを、山根は認めているのだ。

「まあ、いい。弁護士だけが生きる道じゃないからな。思いどおりにやってみろ。俺の話は以上だ」

受験については何も答えないまま、山根は頭をさげ、所長室を出た。

2

午後七時、山根はKホテルに着いた。高層ビルの走りとして知られる建物で、打ち合わせにはよく使っていた。前から一度、泊まってみたいと思っているのだが、なかなか実現しない。

二階のレストランに入っていくと、窓際の席で奈津美が手をあげた。ゆっくりと立ちあがり、満面に笑みを浮かべて迎えてくれる。

近づいていった山根は、胸の高鳴りを抑えられなかった。奈津美が、初めて会ったときと同じスカートをはいていたからだ。深く切られたスリットから、薄手の黒いストッキングに包まれたふとももが悩ましく露出している。

ブラウスの生地《きじ》を突きあげている乳房にも、性感を刺激された。ズボンの下で、肉棒がむくむくと鎌首をもたげてくる。

「普通のディナーコースでいい？」

座り直した奈津美が尋ねてきた。

うなずきながら、山根は彼女の正面に腰をおろす。

奈津美はウエーターを呼び、コース料理と生ビールを注文した。

「ごめんね、呼び出しちゃって」

「いえ、とんでもない。光栄です、奈津美さんのお仕事を手伝えるなんて」

「ああん、そんなに堅くならないでよ。もう長い付き合いなんだから」

長い付き合いという言葉に、山根はぐっと来た。奈津美にそう思っていてもらえただけでも、うれしかったのだ。

テーブルに届いたビールで、二人は乾杯した。山根は一気に半分ほど、ジョッキを空けてしまう。

奈津美のほうは、口をつけた程度だった。テーブルの上に身を乗り出してくる。

「実はね、いまかかえてるのはT大に関する話なの。だからあなたにやってもらえると、ちょうどいいと思ったんだけど」

少しだけ、奈津美は言い淀《よど》んだ。

「だけど、なんですか」

「もしかしたらね、今夜で解決しちゃうかもしれないの。十時すぎにね、この問題の鍵を握ってる人と、ここのバーで会うことになってるの」

「あっ、そうなんですか」

一緒に仕事ができると期待していただけに、山根は落ち込んだ。

「でも、まだ確実じゃないから、もしこれからも調査が必要になったら、あなたにやってほしいの。いいかしら」

「もちろんです。ぼくでよかったら、どんどん使ってください」

「ありがとう。もっと早く、あなたと組んでみればよかったわ。勉強のことがあると思って、少し遠慮してたのよね、あたし」

奈津美が喋《しゃべ》るたびに、肉厚の唇が悩ましく動いた。

山根はどうしても刺激されてしまう。

間もなく料理が運ばれてきて、二人はナイフとフォークを手に取った。当たり障《さわ》りのない会話を交《か》わしながら、食事を進める。

食べるときの奈津美の仕草も、実に蠱惑的《こわくてき》だった。特にフォークを口に持っていく姿は、なまめかしさの極致と言ってもよかった。あのフォークが自分のペニスだったら、と山根は思わずにはいられない。

デザートのジェラートがテーブルに載るころになっても、山根はずっと欲情したままだった。奈津美の唇が動くたびに、股間が反応する。

「今夜はこれからどうするの？」

「は？　アパートに帰って寝るだけですけど」

コーヒーカップを手に取りながら、山根は答えた。できるだけ長く奈津美と一緒にいたいが、食事が済んだら帰るしかない。

「十時まで、まだだいぶあるわ。お部屋に来ない？」

「部屋？」

「取ってあるのよ、ここの二十二階に」

奈津美は自分のバッグを開け、何かをテーブルの上に置いた。このホテルのカードキーだった。２２１５という数字が読める。

「あの、それって」

いろいろ聞いてみたいことはあったが、やめた。山根の胸の鼓動が速くなる。

3

十分後、二人は二十二階の部屋に入っていた。ダブルベッドの前で立ったまま見つめ合い、やがてどちらからともなく抱き合った。二人の唇が重なる。

山根がとまどっているうちに、彼の歯を割って奈津美が舌を伸ばしてきた。ぴちゃぴちゃと淫猥な音をたてて、二人は舌をからめ合う。

勃起を悟られまいとして、山根はできるだけ腰を引いていたのだが、まったく無駄だった。奈津美がぐいぐい下腹部を押しつけてきたからだ。奈津美の体の柔らかさを感じただけで、山根は早くもめまいを覚えている。

長いディープキスを終えると、山根の腕からすり抜けるようにして、奈津美は床にしゃがみ込んだ。一瞬の躊躇《ちゅうちょ》もなくベルトをゆるめ、ズボンを足首までずりおろした。続いてブリーフも、ズボンに重なるところまで引きさげてしまう。

「山根くんったら、すごいわ。もうこんなに」

陶酔《とうすい》したような口調で言ったあと、奈津美は右手で肉棒の根元をつかんだ。肉厚の朱唇を開き、突き出した舌で、ペニスの裏側をすっと舐《な》めあげた。

「ううっ、ああ、奈津美さん」

これだけでも、山根には充分すぎるほどの刺激だった。まだ我慢できる範囲だが、早くも射精感が押し寄せてきている。

何度か同じように舌を使ったあと、奈津美は亀頭の裏側に舌を這《は》わせてきた。筋状になった部分を、丹念に舐めまわす。

すさまじいまでの快感に、山根は歯を食いしばって耐えていた。少しでも油断すれば、簡単に白濁液を放出してしまいそうだ。

やがて奈津美は大きく口を開け、肉棒をすっぽりとくわえ込んだ。いったん喉の奥まで飲み込んでから、おもむろに首を前後に振り始める。

「ああっ、奈津美さん」

夢じゃない。ぼくはこれから奈津美さんを抱けるんだ。

感激で胸が熱くなった。と同時に、猛烈な射精感を覚えた。これ以上、続けられたら、奈津美の口に欲望のエキスをほとばしらせることになるかもしれない。

山根の差し迫った状況に気づいたのか、ほどなく奈津美はペニスを解放した。口のまわりにもれてきた唾液を手の甲で拭《ぬぐ》い、いつもの自信たっぷりな様子ではなく、おずおずと山根を見あげてくる。

「あたしにも、してくれる？　あなたのお口で」

「い、いいんですか、奈津美さん。ぼくに、そんなことまで」

小さくうなずく奈津美を見ながら、山根は靴を脱《ぬ》いだ。その場で足踏みをするようにして、足首にからみついていたズボンとブリーフ、それに靴下を取り去った。下半身裸になったことになる。

奈津美は立ちあがり、自分で上着を取った。少しもったいをつけるように、ゆっくりとブラウスのボタンをはずしていく。

白いブラジャーに支えられた乳房の双丘があらわになるのを目にしながら、山根は上に着ていたものも脱ぎ捨てた。これですっかり裸だ。

ブラウスの前をはだけたまま、奈津美はウエストのホックをはずし、スカートをおろした。そのうえでブラウスを脱ぎ、丁寧《ていねい》にソファーにかける。

「ああ、奈津美さん」

白いパンティーとブラジャー、それに薄手の黒いストッキングとハイヒールだけを身につけた奈津美を前に、山根は思わず声をもらした。息を荒らげながら駆け寄り、彼女の足もとにひざまずく。

見あげると、先ほど以上に上気した顔で、奈津美が見つめ返してきた。

視線をからめ合ったまま、山根は両手を奈津美のウエストに伸ばした。パンストの縁《ふち》に指をかけ、そのまま美しい脚に沿って極薄のナイロンを引きおろしていく。

パンストが足首までおりてきたところで、片足ずつハイヒールを脱がせた。ストッキングを抜き取ると、透《す》き通るように白い奈津美のふとももが、目の前に迫ってきた。

本能に従って、山根は奈津美の脚に抱きついた。両手を向こうへまわし、いっぱいに開いた手のひらで、白いふとももを撫でまわす。

夢みたいだ。奈津美さんの脚に、こうやってさわれるなんて。

ふとももの肌はすべすべで、豊かな弾力をたたえていた。触れているだけで、山根はまた射精感に襲われた。半ば本気で、もう死んでもいい、というくらいの気分になる。

下半身を山根にゆだねたまま、奈津美は背中に手をまわしてホックをはずした。締めつけから解放された乳房の双丘が、互いにぶつかり合ってたぷたぷと音をたてる。

肩からはずしたブラジャーを、奈津美は床に落とした。これで彼女の体には、最後の一枚のパンティーだけが残されたことになる。

「お願い、山根くん。あたし、そろそろ限界みたい」

鼻にかかった悩ましい声で、奈津美が訴えてきた。

山根はうなずき、ふとももに心を残しながらも、両手をふたたびウエストにすべりあげた。なめらかな生地でできたパンティーを、お尻のほうから剝《む》くようにしてずりおろしていく。

股布が股間を離れる際、蜜液が長く糸を引くのが見えた。これまでの行為で、奈津美は秘部をたっぷり濡らしてしまったらしい。

引き締まった足首から丁寧にパンティーを抜き取り、山根は立ちあがった。生まれたままの姿になった奈津美を、両腕で勢いよく抱きあげる。

奈津美はびっくりしたようで、小さな悲鳴をあげたが、特に抵抗はしなかった。両手を山根の首にまわして、彼のするままに任せている。

ベッドの中央に奈津美を横たえ、山根は彼女の脚を大きく開かせた。その間で腹這いの姿勢をとり、両肘をベッドについた。奈津美に膝を立てさせ、左右のふとももを下から手のひらで支える。

ああ、なんて気持ちがいいんだ。こんなすてきなふともも、生まれて初めてだ。

手ざわりにうっとりしながら、山根は秘部に向かって顔を近づけていった。ヘアは濃かった。密集したヘアに守られるように、淡いピンク色の秘唇が息づいていた。広がった肉びらは、すでにじっとりと潤っている。

淫靡な牝臭に鼻腔《びこう》の粘膜を刺激されながら、山根は舌を突き出した。ぐしょ濡れの秘唇を、下から上へ舐めあげてみる。

それだけでも、奈津美は鋭敏な反応を見せた。下肢を細かく震わせ、鼻からうめき声をもらす。

何度か縦の愛撫を続けたあと、山根は舌先で秘唇の合わせ目を探った。充血し、小豆粒《あずき》ほどに肥大したクリトリスが、心地よく舌に当たってくる。

「ああっ、山根くん。いい。す、すごく、いい」

ぴくぴくっと体を震わせ、奈津美にしては甲高《かんだか》い声を放った。

山根はうれしかった。高校二年で初体験を済ませたものの、セックスの経験自体はあまり豊かなほうではなかった。それでも、いま一番大切に思っている奈津美を、こうやって感じさせることができたのだ。

小さな円を描くように、山根は肉芽を舐めまわした。

奈津美はさらに激しく体を震わせた。

「ねえ、山根くん。おねだりしても、いい？　指を、ううっ、指を入れてくれる？」

山根は一瞬、リクエストの意味がわからなかった。舐めるのを中止して、指を挿入しろと言われているのかと思った。だが、いまの愛撫にも奈津美は充分に感じてくれているのだ。これをやめろと言うはずがない。

少し迷ったが、舌はそのままにして、指を入れろという意味に解釈した。ふとももに触れていた右手を、山根は自分の顔の下に持ってきた。舌の動きは止めずに、中指一本だけを淫裂にぐいっと突き入れてみる。

ああ、すごい。ぼくはいま奈津美さんの体の中に指を入れてるんだ。

新たな感激で、山根は胸がいっぱいになった。ぬるぬるした感触が、なんとも淫猥だった。肉洞の内部は、ひくひくと妖しくうごめいている。

「上のほうにぎざぎざがあるの、わかる？」

奈津美に言われて、山根は肉洞の天井に指を這わせてみた。細かい肉襞が刻まれていて、ぎざぎざという表現がぴったりだった。

「ああ、そうよ、山根くん。そこ。そこを撫でて。お豆ちゃんと一緒に」

山根は素直に従った。舌で肉芽を舐めまわしながら、指で肉洞の天井にある肉襞を撫でた。ぴちゃぴちゃ、くちゅくちゅという淫猥な音が、部屋いっぱいに響く。

奈津美の息づかいが、急に荒くなった。腰をぴくぴくと痙攣《けいれん》させている。絶頂が近づいていることは、疑いようがなかった。いちだんとうれしさを感じながら、山根は指と舌に力をこめた。

ところが、山根の動きはここで中断された。奈津美が両手をおろしてきて、山根の顔を秘部から引きはがしたのだ。手首をつかみ、肉洞から指も引き抜いてしまう。

「もう駄目よ、山根くん。あたし、我慢《がまん》できないわ。来て」

奈津美を頂点まで導けなかったのは残念だったが、山根のほうも、そろそろ限界に近づいていた。このまま口唇愛撫を続けていたら、挿入もしないまま、肉棒がはじけてしまいそうな気がしたのだ。

口のまわりについた淫水を、シーツに顔をこすりつけて拭い、山根は奈津美の体の上を這いのぼった。

ちょうど二人の体が重なったところで、奈津美が右手を下腹部におろしてきた。肉棒の根元を握り、その手をゆるゆると動かしている。

「ああ、硬いわ。あなたのこれ、鉄の棒みたい」

間もなく奈津美の手が止まった。じっと見つめてくる。

「ここよ、山根くん。入ってきて」

山根はうなずき、じりじりと腰を進めた。わずかな抵抗ののち、亀頭が淫裂を割った。続いて肉棒全体が、ずぶずぶと奈津美の体内にもぐり込んでいく。

ああ、やった。ぼくはいま奈津美さんの中に入ってるんだ。ああ、気持ちいい。セックスって、こんなに感じるものだったっけ？

　奈津美の肉洞は、山根に見事なフィット感を与えてくれた。肉棒が、ぴたりと奈津美の中に収まっているのだ。柔肉に包み込まれた感触が、なんとも心地よい。

「だ、駄目だ、奈津美さん。気持ちよすぎて、ぼく、もう」

「いいのよ、山根くん。もっと気持ちよくなって。あたしの中に、いっぱい出してちょうだい」

　ベッドから、奈津美は両脚を宙にはねあげた。ふとももの最も太い部分で、山根の腰を挟みつけてくる。

　この快感は、山根にはたまらないものだった。ずっとあこがれ続けた奈津美のふとももが、自分の体に押しつけられているのだから。

　山根はさらに貪欲《どんよく》になった。左手一本をベッドについて上体を支えつつ、右手を奈津美の体側《たいそく》に沿ってすべりおろした。間もなく手のひらが、外側から奈津美のふとももにあてがわれる。

　肌のなめらかさと、むっちりした肉の感触に陶然となりながら、山根は腰を使い始めた。ペニスが肉襞にこすられるたびに、体に震えが走った。これ以上はない快感が、背筋を脳天に向けて這いのぼっていく。

「奈津美さん、ぼく、ぼく」

「いいわよ、山根くん。出して。あたしの中に、全部出して」

山根のピストン運動のリズムに合わせて、奈津美も下から腰を突きあげてきた。

ぐつぐつと煮えたぎった欲望のエキスが、出口に向かって押し寄せてくるのを山根は実感した。ここまで来れば、もう耐えるのは不可能だった。快感に身を任せ、さらに腰の動きを速める。

「ああっ、奈津美さん」

とうとう射精の瞬間を迎えた。びくん、びくんと肉棒が震え、熱い欲望のエキスが奈津美の体内に向かってほとばしっていく。

「ああ、わかる。わかるわ、山根くん。あなたのが、いまあたしの中に出てる」

十一回脈動して、ペニスはおとなしくなった。息を荒らげたまま、山根は奈津美に体を預けた。

奈津美の体からも、すっと力が抜けた。山根の腰を挟みつけていた脚が、ゆっくりとベッドに落下していく。

目の前にある肉厚の唇に、山根は自分の唇を重ねた。息苦しかったが、そうせずにはいられなかった。

奈津美も応じてくれた。二人はねっとりと舌をからめ合う。抱いたんだ。ぼくは奈津美さんを抱いたんだ。

新たな感激に包まれながら、山根は快感の余韻《よいん》にひたった。

第二章　嫌　疑

1

「リュウさん、まだかまいませんか」

閉店間際の喫茶室「ネネム」に、山根淳一は顔を出した。カウンター以外には四人用のテーブルが二つあるだけの小さな店だ。時刻は十時半。客もウエートレスも、もうだれも残っていない。

「おう、ジュンか。かまわねえよ。さあ、入れ」

片づけをしていたマスターの風間隆一《かざまりゅういち》が、にっこり笑って手招きしてくれた。

風間は三十七歳。諸岡の中学時代からの友人の一人で、一年ほど前までは新宿歌舞伎町で客引きをやっていた。「ポン引きのリュウ」の名で知られていた男だ。

都議会を中心とした歌舞伎町の浄化運動で客引きが追い出された格好になり、風間は池袋に移ってこの店を開いた。もともと小さなバーだったところを居抜きで買い取り、コーヒーショップとして再開したのだ。

びっくりするだろうな、リュウさん。ぼくが奈津美さんとセックスをしてきたって知ったら。

つい先ほどまで、山根は奈津美と同じベッドにいた。いまも体全体が熱く火照《ほて》っている感じだ。奈津美のむっちりした白いふとももや、彼女がペニスを口に含んでくれたシーンが、頭の中のスクリーンいっぱいに広がっている。

夢がかなった喜びを、山根はだれかに伝えたかった。その相手として浮かんできたのが、リュウこと風間隆一だった。

諸岡に紹介してもらって知り合ったのだが、アパートと店が近いため、ここにはしょっちゅう出入りして、風間にはいろいろ話を聞いてもらっている。

「カウンターじゃなくて、そっちのテーブルに座ってくれ」

「えっ、なんでですか」

「もうじき一馬と沙絵子《さえこ》が来るんだ」

「あっ、そうなんですか。いいのかなあ、ぼくなんかが邪魔しても」

「気にするな。おまえはもう俺たちの仲間みたいなもんだ」

村井一馬は風間と諸岡の同級生で、山根にとっては大学の先輩にあたる。

沙絵子はやはり同級生で、警視庁新都心署の警部だ。昨年、村井と結婚して、姓が飯田《いいだ》から村井に変わっている。

諸岡は中学からの友人だが、あとの三人は小学校から高校までを同じ学校ですごしたのだという。

「飲むんですか、みんなで」

「軽くな。いつものビールだ。おまえも付き合え」

「ありがとうございます。でも、いいんですか、リュウさん。新婚なのに」

村井と沙絵子に刺激されたのか、風間もつい最近とうとう所帯を持った。相手の女性は再婚で、小学校六年になる娘が一人いる。結婚と同時に、風間は父親にもなったわけだ。

「週に一度くらいはいいさ。ほとんど毎晩、俺はちゃんと帰ってるんだから。由紀恵《ゆきえ》のやつ、俺におやすみを言うまで、絶対に寝ないって言ってるらしいんだ」

由紀恵というのが娘の名前だ。義理とはいえ、娘の話をするとき、風間はほんとうにうれしそうな顔をする。もともと子供が好きだったのかもしれない。

ぼくも早く結婚したくなってきちゃったな。できれば奈津美さんと。

つい先ほどまでベッドを共にしていた奈津美の姿が目に浮かび、山根は一瞬のうちに興奮を覚えてしまった。ズボンの下で、ペニスがむくむくと鎌首をもたげてくる。

風間は片づけを終え、ビールの小瓶を二本、テーブルに運んできた。アメリカ製のビールだ。この店には、アルコールはこれしか置いていない。

山根は一本を受け取り、風間と瓶をかちんとぶつけ合った。グラスには注がず、そのまま口をつけて飲むのが、ここではルールになっている。

「いやあ、うまいっすねえ」

ひと口飲んだところで、思わずそんな言葉が出た。山根は酒飲みというわけではない。普段は缶ビール一本で充分というタイプだ。

風間は豪快に半分ほどを飲み干《ほ》し、にやりと笑った。

「珍しいな、ジュンが酒をうまそうに飲むなんて。何かいいことでもあったのか」

「へへへ、わかりますか」

「おまえは単純だから、すぐ顔に出るんだよ。澄ちゃんとうまくいったとか？」

片桐恭三法律事務所で一緒にアルバイトをしている柳瀬澄江との仲を、風間もどうやら誤解しているようだった。

「違いますよ、リュウさん。澄ちゃんとは何もありません。そうじゃなくて」

いよいよ奈津美の話をしようかと思ったところで、チリンと音がして店の扉が開いた。

村井と沙絵子が入ってくる。

「おう、ジュンも来てたのか」

「あっ、すみません、村井さん。先にやらせてもらってます」

「久しぶりね、ジュンくん」

沙絵子ににっこりほほえみかけられ、山根はどぎまぎしてしまった。

相変わらずきれいだな、沙絵子さん。こんなにセクシーな人が警部だなんて。

大学を出てから出会った女性の中で、沙絵子は奈津美と一、二を争う存在だった。肉感的な体形は奈津美とよく似ている。むっちりと量感をたたえたふとももや肉厚の唇には、初めて会ったときから性感を刺激されたものだった。

しかし、山根は沙絵子を欲望の対象にはしていなかった。オナニーの際に沙絵子の体を思い浮かべたことはない。警察官だからというわけではないのだろうが、沙絵子には男の淫靡な視線を許さないような、独特な雰囲気がある。

ビールを持ってくるために風間が立ちあがり、村井と沙絵子が並んで座った。

山根の正面に来た沙絵子は、さりげない動作で脚を組んだ。非番だったのか、あるいは仕事を終えてから着替えてきたのか、きょうはジーンズのミニスカート姿だった。ただでさえ短い裾がずりあがって、素足の白いふとももが大胆に露出してくる。

いくら意識していないとはいっても、この光景には山根も興奮を抑えられなかった。村井の存在を気にかけつつ、ちらちらと沙絵子のふとももを盗み見る。肌のきめの細かさも、奈津美とよく似ていた。

「ジュン、奈津美ちゃんの仕事を手伝うかもしれないんだって？」

いきなり村井に声をかけられ、山根はハッとなって彼を見た。

「もう知ってるんですか、村井さん」

「昼間、奈津美ちゃんが電話をくれたんだ。T大にいる俺の同級生が持ちかけてきた仕事だからな」

「あっ、そうだったんですか」

「そいつは研究室担当の事務員をやってるんだが、何か困った問題をかかえちゃったらしくてな。俺が法律事務所にコネがあることを知っていて、だれか紹介してくれって言ってきたんだ。モロに話したら、奈津美ちゃんがいいんじゃないかって勧めてくれてな」

モロというのは諸岡のことだ。村井や風間はそう呼んでいる。

「もう打ち合わせはしたのか、奈津美ちゃんと」

「はい。ついさっきまで、新宿のKホテルで」

奈津美との熱い体験を話してしまいたいところだったが、さすがに沙絵子の前では気が引けた。風間にも村井にも、どうやら今夜はこの話はできそうもない。

「俺は内容まで聞いてないんだ。どんな問題だって？」

「それが、ぼくにもはっきりとは教えてくれなかったんです。今夜、もしかしたら解決しちゃうかもしれないとかいう話で」

「今夜？」

「鍵《かぎ》を握ってる人と、十時すぎに会う約束をしてるって言ってました。いまごろ会ってるはずですね」

風間がビールとつまみを運んできて、とりあえず奈津美の話はおしまいになった。

四人で瓶をぶつけ合い、ビールを口に運ぶ。

沙絵子もグラスは使わず、瓶から直接飲んだ。その唇の動きにも、山根は性感を揺さぶられてしまう。

やっぱりぼくも早く結婚したいな。奈津美さんと一緒に暮らせたら、絶対に充実した毎日が送れるはずだ。そのためには、まず生き方をはっきりさせないとな。

これからも弁護士を目指すのかどうか、山根はぎりぎりの選択を迫られていた。諸岡のような探偵業も悪くないと思っているし、奈津美と一緒に働けるのなら、このまま片桐恭三法律事務所の調査員になるのもいい。

「そういえばジュン、澄ちゃんとはどうなってるんだ？」

唐突な村井の問いかけで、山根の思考は中断させられた。

「勘弁してくださいよ、村井さん。誤解ですよ、誤解。ぼくは澄ちゃんと付き合いたいなんて、ぜんぜん思ってないんですから」

「あら、そうなの？　わたしはお似合いだと思うけどな、ジュンくんと澄ちゃん」

ほほえみながら言って、沙絵子はすっと脚を組み替えた。スカートの裾がさらに乱れて、ふとももがいっそう見やすくなった。閉じ合わされた内ももの奥に、ほんのかすかだがパンティーの白い股布がのぞいている。

たまらないな、今夜の沙絵子さん。まるでぼくを誘惑してるみたいだ。

あり得ない話だったが、山根はそんなことを考えた。奈津美を抱けた感激で、心と体が熱いままのせいかもしれない。

「まあ、ジュンのことはいいよ、一馬。何か話があって来たんだろう？」

風間が助け船を出してくれて、山根は救われた気分だった。沙絵子がいなければ、堂々と奈津美への思いを打ち明けたいところだが、今夜はそういうわけにはいきそうもない。

村井と沙絵子が目を見合わせた。うなずき合ったあと、村井がゆっくりと話しだした。

なぜか少しだけ頬を赤らめている。

「実はな、リュウ。できたんだ」

一瞬、店に沈黙が流れた。村井だけではなく、沙絵子も顔を上気させている。

「おお、そうか。やったな、一馬」

「うん、まあ」

風間が大声をあげ、村井が照れくさそうに右手で頭をかいた。

わけがわからずに、山根はきょとんとする。

「どういうことですか、リュウさん」

「わからねえのか、ジュン。子供だよ、子供。一馬が親父になるんだ」

「あっ、なるほど、そういうことですか。お、おめでとうございます」

「ありがとう。まだ二ヵ月だし、実感は湧かないけどな」

村井はふたたび頭をかき、隣にいる沙絵子に目をやった。

沙絵子は満面に笑みを浮かべていた。いまや耳までが真っ赤に染まっている。

いかにも幸せそうな沙絵子の顔を見ていると、ますます山根は結婚したくなってきた。

奈津美が子供を抱いた姿を、なんとなく思い浮かべてしまう。

「そういうことなら、沙絵子、ソフトドリンクにしたほうがいいんじゃねえか」

「心配しすぎよ、リュウちゃん。飲みすぎないように注意するから」

「安心しろ、リュウ。沙絵子には絶対に無理はさせない」

「うん、そうだな。おまえがついてれば大丈夫だろう」

三人の会話を、山根は不思議な気分で聞いていた。沙絵子のお腹にいる子供の父親が、まるで二人いるような感じなのだ。男二人で沙絵子を守ろうとしているのがよくわかり、それが決して悪い雰囲気ではない。

唐突に、山根は諸岡の言葉を思い出した。

『あいつら三人は面白いぞ。幼馴《おさなな》染《じ》みっていうより、まるできょうだいみたいなんだ。リュウと一馬、沙絵子はどっちと一緒になってもおかしくない。迷ってるうちに、あの歳になっちまったってことなんだろう。リュウも一馬も、ほかの女と結婚する気はないしな』

この話を聞いたのは、一年半くらい前のことだ。その後、村井が沙絵子と式を挙げ、それを追いかけるように風間も結婚した。

「名前は？　もう考えてるのか、一馬」

「気が早すぎるよ、リュウ。まだ男か女かもわからないのに」

「最近はわかるんじゃないのか？」

ここで沙絵子が口を挟んだ。

「教えないでくれって、お医者さんにお願いしたの。楽しみが減っちゃうから」

「うん、確かにそうかも。どっちにしても、元気な子が産まれてくれるといいな。あっ、そうだ。俺、あしたにでもお守りをもらってくるよ」

「そんな、気をつかわないでよ、リュウちゃん」

「気なんかつかってねえよ。俺がそうしたいんだ。かまわねえだろう？」

村井と沙絵子はまた顔を見合わせ、二人同時にうなずいた。

いまでもいい仲間なんだな、この三人は。

山根は感心した。そして、こういう人たちの中にいられる自分を幸せだと思った。同時に、村井夫妻の仲がうらやましくなり、ますます奈津美への気持ちが強くなる。

「リュウさん、ぼくはそろそろ失礼します」

ビール一本を飲み終えたところで、山根は腰をあげた。

「なんだ、ゆっくりしていけばいいのに」

「いいえ、ちょっとまとめなくちゃならない報告書が残ってるし。お二人にも、お会いできてうれしかったです」

村井も沙絵子も、にっこり笑ってくれた。

沙絵子は相変わらず高々と脚を組んだままだった。白いふとももを、ずっと山根に見せてくれていたことになる。

店を出てアパートに帰ると、隣室からまた妖しい声がもれていた。今夜も女を引っ張り込んでいるらしい。

服を脱ぎ捨て、山根は裸で布団にもぐり込んだ。まだやっている時間だが、銭湯へ行く気にはなれなかった。自分の体に、奈津美の匂いが残っている気がしたからだ。奈津美の匂いも肌のぬくもりも、できればこのまま残しておきたい。

それにしても奈津美さん、どうしてぼくを誘ってくれたんだろう？

思ってもいなかった展開が気にはなったものの、いまは興奮のほうが大きかった。目を閉じると頭の中に、ホテルでの出来事がよみがえってきた。

奈津美の脚に抱きつき、ふとももを撫でまわしたこと。奈津美が肉厚の朱唇を開き、肉棒を口に含んでくれたこと。すべてが鮮明な映像となって映し出される。

「ああ、奈津美さん」

はっきりと声に出して言い、山根は右手で肉棒をしごき始めた。

2

二度、白濁液を放ってから寝たのだが、山根はずっと奈津美の夢を見ていた。

抱き合っている場面ばかりではなかった。村井と沙絵子に刺激を受けたせいか、奈津美と子供を何人作ろうか、などという話をしているところも出てきた。ずっと幸せな気分で眠っていたことになる。

だが、目覚めは決して愉快《ゆかい》なものではなかった。朝八時、どんどんと乱暴にドアをノックする音で、無理やり現実の世界に引き戻されたのだ。

だれなんだ？　こんな早い時間から。

無視することも考えたが、ノックがやむ様子はなかった。

仕方なく起きあがり、山根はブリーフをはいた。手早くスエットの上下を着て、玄関に向かう。

「どなたですか」

「恐れ入ります。山根淳一さんですね」

「そうですけど」

「警察の者です。新都心署の兼松《かねまつ》と申します。お話をうかがいたいんですが」

山根は首をかしげた。警察に事情を聞かれるようなことをした覚えはない。だが、このままにするわけにもいかなかった。いままでのノックの音で、すでに周囲にはだいぶ迷惑をかけていることになる。

ロックをはずしてドアを開けると、二人の男が立っていた。二人とも、バッジふうになった警察手帳を提示している。

「あらためまして、新都心署の兼松です。こっちは戸田《とだ》といいます」

手帳によれば、五十代半ばに見えるほうが兼松芳郎《よしろう》、二十代後半と思われるのが戸田雅《まさ》之《ゆき》だった。二人とも巡査部長となっている。

「なんですか、いったい。ぼく、もう少し寝ていたいんですけど」

「申しわけないが、そうもいかないんですよ。山根さん、ゆうべは岩瀬奈津美さんとご一緒でしたね？」

奈津美の名前が出て、山根はぎくりとした。

「どういうことですか、刑事さん。奈津美さんがどうかしたんですか」

「どうかしたかって、それを聞きたいのはこっちでしてね。何があったのか、たぶんあなたのほうが詳しく知っていらっしゃるだろうから」

兼松の口調には、からみつくような粘っこさがあった。知っていることを言わないのは、もったいぶっているふうでもある。

「確かに奈津美さんと一緒にいました。でも、それがなんだって言うんですか。ちゃんと話してください。奈津美さんがどうかされたんですか」

「刺されたんですよ」

「さ、刺された？」

「胸をひと突き。まあ、殺そうとしたんでしょうなあ」

「それで？　どうなったんですか、奈津美さんは」

顔がくっつきそうになるほど近づいて、山根は尋ねた。胸の鼓動が速くなっている。

「気になりますか。岩瀬さんが生きてるのか、それとも死んだのか」

「当たり前だろう。ぼくは彼女の仕事を手伝ってるんだ」

山根はつい乱暴な口調になった。

「生きてると、もしかしたら困ったことになるんじゃありませんか」

「なんだと？」

憤然として言い返したとき、山根はようやくあることに気づいた。奈津美が刺され、どうやら自分が犯人として疑われているらしいのだ。

はやる気持ちを抑え、山根は一つ深呼吸をした。あらためて兼松に尋ねる。

「教えてください、刑事さん。無事なんですか、奈津美さんは」

「さあ、無事と言っていいかどうか。もう少し救急車を呼ぶのが遅れたら、危なかったでしょうなあ。いまも意識不明の重体ですよ」

「重体？　そんな、どうして、どうして奈津美さんが」

「だから、そのへんを詳しく聞かせていただきたいんですよ、山根さん。ご足労だが、署まで来てもらえませんか」

口調は丁寧だが、有無を言わせぬ感じだった。

法曹界《ほうそうかい》を目指してきた者として、これが任意であることは山根にもわかっていた。当然、拒否もできる。

しかし、いまは何よりも奈津美の容態が気がかりだった。彼女の様子を知るためにも、ここは従っておいたほうがいい、と山根は判断した。

「ちょっと待ってもらえますか。着替えますから」

「いいでしょう。この下に車を停めています。早めにおりてきてください」

そう言って、兼松は戸田を従えて去っていった。

山根はあわててスーツに着替えた。諸岡に電話してみたが、つながらなかった。仕方なく部屋を出て、階段をおりる。

黒い車の後部座席に、山根は乗せられた。覆面車ということなのだろう。戸田が運転し、兼松はしっかりと山根の隣に腰をおろしている。

車内では、兼松も戸田もひと言も喋らなかった。何も悪いことはしていないが、山根は息苦しさを感じた。これが無言の圧力というものだろうか。

二十分後、山根は新都心署にいた。任意の聴取だが、入れられたのは二階にある取調室だった。窓に鉄格子《てつごうし》がはまった部屋だ。

尋問しているのは兼松だった。戸田はノートを開いて、入口近くにある机の前に座っている。

ここへ来るまでは丁寧だった兼松の言葉づかいが、いつしか一変していた。いまや凄《すご》みを利《き》かせたような口調だ。

「まず説明してもらおうか。あんたと岩瀬奈津美さんの関係だ」

「関係って、ぼくは彼女が所属している法律事務所のアルバイトですよ。調査員のね。しばらくの間、専属で彼女を手伝うように、所長から言われてたんです」

「所長からね。で、きのうは何時にどこで彼女に会ったんだ?」

「Kホテルのレストランに七時です。そこで食事をしながら、仕事の話をしました」

「そのあとは?」

「あとは、へ、部屋に移りました」

「ほう、部屋へね。そこでも仕事の続きをやったのか」

山根は言葉に詰まった。奈津美のためにも、ここは嘘をつきたいところだったが、そういうわけにはいきそうもなかった。

仕事の話は早々に切りあげ、山根は奈津美を抱くために部屋に入ったのだ。警察がけが人の体を調べるようなことをしたかどうかは不明だが、奈津美の膣内には、間違いなく山根の精液が残されている。

「どうなんだ？　ちゃんと答えてくれなくちゃわからないだろう。部屋に移って、そこで何をしたんだ？」

「抱きましたよ、奈津美さんを」

声が震えてしまうのを、山根はどうすることもできなかった。

兼松はにやりと笑った。それが山根の目には、いかにもいやらしい笑いに見えた。してやったりという顔で見つめてくる。

「前からそういう関係だったのか、おまえたちは」

「違います。ゆうべまで、そんな関係になれるとは思ってもいませんでした」

「だが、なったんだろう？」

「奈津美さんが誘ってくれたんです」

「ほう、女のほうから誘ってきたっていうのか。ずいぶん都合《つごう》のいい話だな」

「嘘じゃありません。ぼくだって、まるで夢を見てるみたいな気分でした。奈津美さんには、ずっとあこがれてたから」

「だけど、何かが起きたんだよな、おまえたちの間に」

「なんですか、何かって」

突然、兼松は机をどんと叩いた。

山根はびくんと体を震わせる。

「なめるなよ、小僧。聞いてるのはこっちだ。おまえには質問する権利なんかねえんだ。さあ、さっさと答えろ。女弁護士を抱いたあと、何があった？」

「何って、服を着て帰っただけです」

「嘘をつけ。おまえは彼女にしつこく迫ったんじゃないのか？　これからもずっと付き合ってくれとか」

「ばかな。何を証拠にそんなことを」

「会ったことは認めるんだろう？　帰ったのは何時だ？」

「十時少し前です。奈津美さんはホテルのバーで、十時すぎにある人と会うって言ってましたから」

「ふん、いい加減なことを言うなよ、小僧。そんな事実はねえんだ。彼女は一回も部屋を出てねえんだよ」

「そんな、ちゃんと調べたんですか」

「ああ、調べたよ。たっぷりとな」

　兼松はもう一度、乱暴な手つきで机を叩いた。

「おまえしかいないんだよ、山根。やったんだろう？　どんな事情か知らないが、おまえが彼女を刺したんだろう？」

　兼松は興奮してきたようだった。目が異様なほどぎらぎら光っている。

「もうあきらめろ。さっさと吐いちまえよ、山根」

「吐くって、何をですか」

「だいたい想像はつくんだ。女と揉《も》めたんだろう？　それとも、部屋に入る前から揉めてたのか。包丁だかナイフだかを持っていったんだから、そう考えたほうが自然だよな。女のほうが誘ったなんていうのは大嘘で、刃物で脅《おど》して無理やり関係を迫ったか」

「ば、ばかなこと言わないでくれ。ぼくは奈津美さんが好きだったんだ。彼女を刺したりするわけがないじゃないか」

「そうとも言えないさ。おまえがいくら好きになっても、向こうが好きになってくれなかった場合はどうだ？　かわいさ余って憎さ百倍、殺してやろうって気にもなろうってもんじゃないか」

　山根が言い返そうとしたとき、突然、間にだれかが入ってきた。

戸田だった。

「兼松さん、そのぐらいにしておいてください。いくらなんでも、これ以上は」

「おまえは黙ってろ」

「いや、しかし証拠はまだ何も」

「聞こえなかったのか？　黙ってろって言ってるんだ。おまえ、俺が何年、この世界で飯を食ってると思ってるんだ？　犯人はこいつだよ。こいつに決まってる」

「冷静になってくださいよ、兼松さん。確かに怪しいかもしれません。だけど、この人がやったって証拠は」

なんだか反対みたいだな。

山根はそんな気分になった。テレビドラマのおかげで、刑事が二人ひと組で行動することは知っていた。だが、ドラマでは若いほうが勢いに任せて突っ走り、ベテランがそれを抑えるという展開になっている。この二人の場合はまったく逆なのだ。

「少し大人になれよ、戸田。ほかに犯人になりそうなやつがいるか？」

「まだわからないでしょう。新しい目撃者だって出てくるかもしれないし」

「ふん、何を言ってる？　いもしない目撃者を探してるうちに、こいつに高飛びでもされたらどうするんだ？　もっと現実的になれ」

二人が言い争っているうちに、ノックもなしに扉が開いた。

山根が目をやると、なんと沙絵子が入ってきた。昨夜のラフな格好から一転して、いまは濃紺のスーツ姿だ。それでも、スカートの裾から露出した脚は美しかった。こんな状況にもかかわらず、山根はつい沙絵子の脚に目をやってしまう。

「なんですか、警部。ここは私たちに任せてくださいよ」

「ううん、駄目よ、兼松さん。こちらの方にはアリバイがあったの」

「アリバイですって？　ばかを言わんでください」

「ばかなんか言ってないわ。きのうの119番の入電時刻、聞いた？」

「もちろん。十一時少し前って話だったな」

「十時四十九分よ。でも、瀕死《ひんし》の岩瀬奈津美さんがフロントに助けを求めたのはそれより十一分も前の十時三十八分。言葉が出なかったから、電話を受けた人も意味がわからなかったのね。確認に手間がかかって、救急車を呼ぶのが遅れたのよ」

「だからなんだって言うんですか。犯行時刻が、最初に思っていたより少し早かったってだけの話でしょうが」

「そうじゃないのよ、兼松さん。いい？　こちらの山根さんはね、十時半にはもう池袋のお店にいたの」

「池袋?」

「駅から五分はかかる場所だから、十時二十五分には池袋の駅に着いてたことになるわ。新宿から池袋までが山手線で九分だから、どんなに遅くても新宿駅を十時十六分には出ていなくちゃならないの」

兼松は苦虫を噛みつぶしたような顔になった。

「だから?」

「Kホテルから新宿駅まで、急いでも八分はかかるわ。奈津美さんが取った部屋は二十二階だから、下におりてくるのにも最低二、三分はかかる。ってことは、遅くとも十時四、五分には、山根さんはもう部屋を出ていたことになるのよ」

「それがなんだって言うんですか。こいつは十時ごろ女を刺して、もう死んだと思って部屋を出た。だが、実際にはまだ生きていて、四、五十分たってから意識を回復した女がフロントに電話した。こう考えれば矛盾《むじゅん》はないでしょう」

いきり立って言う兼松に、沙絵子はゆっくりと首を横に振ってみせた。

「あり得ないわ、兼松さん。刃物の傷は肺まで達してたのよ。救急隊員の話も聞いたわ。刺されたら、長くは意識を保てない傷だって。しかも、一度意識を失ったら、この傷では何か治療を施《ほどこ》さない限り、正気に戻ることはないそうよ」

山根には、場の空気が凍りついたように感じられた。

やがて、いかにも不愉快そうに兼松はため息をついた。

「わかりましたよ、警部。だが、私はまだこの男を完全にシロだと認めたわけじゃない。それだけは覚えておいてくださいよ。行くぞ、戸田」

捨てぜりふのように言って、兼松は部屋を出ていった。ドアを乱暴に閉める。

戸田は出ていかなかった。沙絵子と一緒になって、心配そうに山根を見ている。

「ごめんなさいね、ジュンくん。この署にわたしがいながら、こんなことになって」

「ぼくも謝ります。まだ証拠が足りないからって止めたんですけど、兼松さんに押し切られてしまって」

沙絵子、それに戸田からも詫《わ》びられ、山根はかえって恐縮してしまった。

「いいんですよ。いずれは解放されると思ってました。日本の警察の優秀さはよく知ってるつもりですから。それより、どうなんですか、沙絵子さん。奈津美さんの具合は」

沙絵子は眉をひそめた。

「まだ意識は戻らないそうよ。あなたはすぐにJ医大病院へ行ってあげてちょうだい。一馬とリュウちゃんも来てるはずだから」

「釈放してもらえるんですか」

「当たり前よ。あなたを拘束する理由なんか、初めからないんだから。今回は兼松さんの暴走ね。ほんとうにごめんなさい」

「ぼくからも謝ります。申しわけありませんでした」

若いとはいっても、自分よりは確実に上の戸田から深々と頭をさげられ、思わず山根もお辞儀を返していた。

3

山根がJ医大病院に入っていくと、待合室に三人の男の姿があった。村井と風間、それに諸岡だった。

「おう、ジュンか。大変だったな、容疑者扱いされて」

風間が声をかけてくれたが、山根は諸岡から視線をはずせなかった。無精髭《ぶしょうひげ》が伸びた青白い顔は、いっぺんに十ぐらい老けたように感じられた。諸岡のこんな憔悴《しょうすい》した顔を見るのは初めてだった。

「すみません、諸岡さん。ぼく、実はきのう」

「何も言うな。おまえは悪くない」

奈津美と山根の間に何があったのか、諸岡はすべて察しているようだった。

夢がかなったという、きのうの喜びはどこかへ吹き飛んで、当然のように、山根は後ろめたさを感じた。

「ぼく、いい気になりすぎてました。まさかこんなことになるなんて」

「いいんだよ、山根。いまはとにかく奈津美の快復を祈ってくれ」

諸岡のまなざしに、山根は気圧《けお》された。

この人、やっぱり本気で奈津美さんのことが好きだったんだ。ぼくなんかよりずっと真剣だったのかもしれない。なのに、ぼくはすっかり浮かれちゃって。

奈津美が自分を誘ってくれた理由が、なんとなくわかったような気がした。

仕事を手伝ってもらおうとした諸岡に断られて、おそらく奈津美は寂しかったのだ。その気持ちをまぎらそうとして、たまたま代わりをすることになった山根とベッドインしてみる気になったのだろう。

唇を嚙みしめる山根の肩を、村井がぽんと叩いた。

「奈津美ちゃん、まだＩＣＵ（集中治療室）で、面会は謝絶だ。山形からお母さんが出てきてるんだが、顔を見せてもらっただけで出されたそうだ。とにかく、俺たちに何がやれるかを相談しよう。なっ、ジュン」

「わかりました。ぼくにできることがあったら、なんでも言ってください」

四人はいったん表に出て、別の病棟の一階にあるカフェテリアに移動した。それぞれが飲み物を取り、一つのテーブルを囲む。

口を開いたのは風間だった。

「犯人探しは、もちろん俺たちの仕事じゃない。だが、やれるところまではやってみてもいいと思うんだ。どうだ、一馬」

「俺も賛成だ。まず怪しいのは、きのう会う予定だったってやつだが、沙絵子の話では、奈津美ちゃんの手帳やパソコンにはそんな記録はなかったそうだ。あるいは犯人が証拠を消していったのかもしれないがな」

奈津美が自分の紹介した仕事に関わっていただけに、村井もだいぶ責任を感じているようだった。彼の顔もすっかり青ざめている。

「さっき弁護士の紹介を頼んできたT大の職員に電話してみたんだが、どうも要領を得ないんだ。ほんとうの依頼主が、応用化学研究室の岸井《きしい》って教授だってことまではわかったんだがな。一応、これから俺が行ってみようと思ってる」

「T大でしょう？　ぼくが行ってきますよ、村井さん」

「おう、そうしてくれるか、ジュン。助かるよ。奈津美ちゃんのことが一番心配だが、役所がいまはちょっと忙しくてな」

村井は新宿区の職員をしている。年齢を考えれば中堅どころだし、仕事もそれなりに大変に違いない。

「なあ、山根。きのうの夜、会う予定だった人物について、奈津美は何か言ってなかったのか？」

口を挟んだのは諸岡だった。やつれた顔をしているが、視線だけはしっかりしている。

「何も聞いてないんです。その人と会えば、解決してしまう可能性もあるって言われただけで」

「そうか。ヘルプを頼まれたとき、仕事はできないまでも、内容ぐらい確かめておけばよかったな。俺のミスだ」

「自分を責めるなよ、モロ。だれもおまえのせいだなんて思っちゃいない」

風間の言葉も、諸岡にはなんの慰《なぐさ》めにもならないようだった。

深いため息をつき、諸岡はあらためて山根を見つめてくる。

「頼む、山根。T大へ行って、なんでもいいから調べてきてくれ。俺は東京を離れるわけにはいかないが、できるだけのサポートはする。おまえのT大出張、なんなら俺の依頼ってことにしてもいい」

「諸岡さんの依頼？」

「交通費だけだって、ばかにならないだろう。場合によっては宿泊費だってかかる。そういうものは全部、俺が持つってことさ。移動に車が必要ならレンタカーを借りたっていいし、タクシーをチャーターしてくれてもかまわない」

意外な展開になったものだが、諸岡の真剣さが伝わってきて、山根はまた後ろめたさを感じた。奈津美への憧憬の念に変わりはないが、いまの自分が諸岡ほど奈津美のことを考えてあげられているのかどうかは疑問だった。

「おまえだけが痛い思いをする必要はねえよ、モロ。奈津美ちゃんのことは俺や一馬だって同じくらい心配してるんだ。ジュンのT大行きは、俺たち三人の依頼ってことにしようぜ。なあ、一馬」

「そうだな、リュウ。ジュン、かかった金は俺たちに請求しろ」

同級生の結束を見せつけられるような形で、話はまとまった。

「さっき話したT大の職員だが、渡瀬佐知子《わたせさちこ》って女だ」

「あっ、女性だったんですか」

「理工学部で俺と同じ研究室にいた女でな。こつこつ真面目《まじめ》に勉強して、大学の職員になったんだ。旧姓は森里《もりさと》っていう。応用化学の岸井研究室を訪ねれば、すぐ会えると思う」

村井は手帳を破って彼女の名前や電話番号などをメモ書きし、自分の名刺の裏に紹介状を書いてくれた。そのうえで財布を取り出した。

あうんの呼吸で、風間と諸岡も懐に手をやった。三人が二万円ずつ、計六万円を山根に差し出してくる。

「いわゆる仮払金だ。滞在が長引くようなら、おまえの口座に振り込んでやる。調べられることは、なんでも調べてこい」

「わかりました。精一杯、やらせてもらいます」

村井の言葉に、山根はしっかりとした口調で答えた。徐々に緊張してくる。

「あしたには発《た》てるか？」

「いえ、きょう中に行っちゃうつもりです」

「そうか。ホテルとか、決まったら知らせてくれ。俺から佐知子に連絡しておくから、たぶん彼女がいろいろ面倒を見てくれるはずだ」

佐知子？

村井の言い方が、山根は気になった。

もしかしたら、村井さんが学生時代に付き合ってた女性なのかもしれない。

そんな気がした。だが、それはどうでもいいことだった。いまは奈津美がどんな問題に関わっていたのかを、全力で調べなければならない。

奈津美の顔だけでも見ておきたいという気持ちを抑え、山根は三人を残して病院を出た。新しい鉄道で近くなったとはいえ、旅に出るにはそれなりの準備がいる。この際、着替えなども揃《そろ》えておいたほうがいい。

いろいろ買い物を終えてアパートに戻ってくると、ドアの前で意外な人物が待ち受けていた。柳瀬澄江だった。ミニスカート姿で、裾から美しい素足を大胆にさらしている。

「どうしたんだい、澄ちゃん。こんなところまで」

「あたし、謝りに来たの」

「謝る？　どういうこと？」

「山根さんのこと、あたしが警察にぺらぺら喋っちゃったのよ。朝早くから刑事が押しかけてきて、奈津美さんについていろいろ聞かれたものだから。そのせいで、あなたが疑われたんでしょう？　ごめんなさい。ほんとうにごめんなさい」

なるほど、そういうことか。

山根は納得したようにうなずいたが、べつに澄江に対して腹は立たなかった。犯人以外では、おそらく彼が最後に奈津美に会ったことになるのだ。澄江が喋らなくても、兼松には疑われていたに違いない。

「気にしなくていいよ、澄ちゃん。こうやって解放されたんだし」

「そう言ってもらえると、あたしも少し気が楽になるわ」

澄江はにっこりほほえんだ。その笑顔が、山根の目にはやけにセクシーに映った。意外に量感のあるふとももにも、つい目が行ってしまう。

「あっ、所長から伝言があるの。T大へ行くんでしょう？　それ、事務所の出張扱いにしてくれるそうよ。これ、仮払金。十万円、入ってるわ」

「諸岡さんが連絡してくれたんだな。所長には、きみからお礼を言っておいてくれ」

うなずいた澄江は、わずかに頬を紅潮させた。

「今回の件、ほんとうにごめんなさい。あたし、ヤキモチを焼いちゃったのかもしれないな、奈津美さんに」

「ヤキモチ？　どういうことだい、澄ちゃん」

「言葉どおりの意味よ。じゃあ、気をつけて行ってきてね」

山根の質問には答えずに、さっと身をひるがえして、澄江は去っていった。乱れたスカートの裾からのぞいた白いふとももが、いつまでも山根の目に焼きついて離れなかった。

第三章　母　校

1

山根は秋葉原《あきはばら》から、T市に向かう列車に乗っていた。T大を卒業した年に開業した新路線のため、利用するのはこれが初めてだった。

まさかこんな形で大学を訪ねることになるとはな。

山根は苦笑した。卒業の際、次にここへ来るのは司法試験に受かったときだ、と心に決めていたのだ。実際には二度の受験に失敗し、いまは職業としての弁護士そのものを考え直すところまで来ている。

ぼくはいったいどういう生き方をすればいいんだろう？

深いため息をつくと、脳裏に奈津美の顔が浮かんできた。彼女をこの胸に抱いてから、まだ十数時間しか経過していない。あこがれの女性と肌を合わせて感激したのが、まるで夢だったかのように思えてくる。

だが、あれは間違いなく現実だった。山根は確かに奈津美とセックスをしたのだ。奈津美のむっちりしたふとももの感触は、まだ手のひらにはっきりと残っているし、ペニスをやさしく包み込んでくれた肉洞の接触感も、鮮《あざ》やかに覚えている。

アパートに帰っても興奮はおさまらず、昨夜は二回もオナニーをしなければ眠りにつけなかった。

きっともう二度とないんだろうな、こんなこと。

山根はまたため息をついた。重体の奈津美が助からないと思ったからではない。意気消沈していた諸岡の様子を思い出したのだ。

いろいろ聞いた話では、諸岡はけっこう遊んでいる。一緒に仕事ができない寂しさとともに、彼に対する当てつけもあって、奈津美は山根と付き合ってくれただけなのだろう。

昨夜は冷静さを欠いていたが、いまになればそれがよくわかる。

諸岡さんも、これで自分が本気だってことがわかったかもしれない。あんなに落ち込んだところ、初めて見たもんな。

ずっとあこがれ続けてきた奈津美だが、いまなら潔《いさぎよ》くあきらめられる気がした。大好きな女性であるだけに、奈津美にはぜひとも幸せになってほしい。そうなると、彼女の相手としては自分よりも、諸岡のほうがずっとふさわしいと素直に思える。

とにかく奈津美さんには早く元気になってもらわないとな。

そう考えたとたん、山根の頭の中に、柳瀬澄江が現れた。お金を持って、この旅が事務所の出張扱いになることを、わざわざアパートまで知らせに来てくれたのだ。ミニスカートからのぞいていた白いふとももが、くっきりとした映像となって迫ってくる。

別れ際に澄江の口から出た言葉も、耳によみがえってきた。

『あたし、ヤキモチを焼いちゃったのかもしれないな、奈津美さんに』

澄江は確かにそう言った。あれはどういう意味だったのだろうか？　そのまま取れば、彼女が山根を男として意識しているということになる。

まあ、いい。澄ちゃんのことは、またいつか考えよう。いまはとにかく奈津美さんだ。彼女は生死の境目をさまよってるんだから。

そうこうしているうちに、列車は早くも終点の駅にすべり込んだ。秋葉原を出て、まだ四十五分しかたっていない。

あまりの便利さに、山根は唖然とした。

駅を降りると、懐かしい光景が広がっていた。賑《にぎ》やかな街の向こうには、深い緑の山々が見えている。

列車が通ったことで発展した部分もあるが、学生時代、この地域は山根にとっては庭のようなものだった。三、四年のころによく行った居酒屋の看板なども目に入ってくる。時計を見ると、午後四時半だった。訪ねようとしているT大の理工学部棟までは、ここから徒歩で二十分ほどかかるはずだ。

バスも通っていたが、山根は歩くことにした。村井が紹介状を書いてくれた渡瀬佐知子という職員を訪ねなければならないが、五時までに着けば失礼には当たらないだろう。

北に向かって歩いていくと、まず目に飛び込んできたものがある。公園の中央に建てられている塔だった。昼間はエレベーターで上にあがることができ、展望台からは学園都市を一望できるようになっている。

松見《まつみ》ブラザーズか。どうしてるかな、あいつら。

山根の脳裏に、ほろ苦い思い出がよみがえってきた。一年のときの夏休み、まだアパートではなく、寮で暮らしていたころのことだ。

体育の集中講義があるため寮に残っていたのだが、同じ法学部の仲間三人と夜中に公園へ出かけていき、入口のシャッターに鍵がかかっていなかったのをいいことに、塔の上にのぼってみたのだ。

さすがにエレベーターは止まっていたが、階段を使って難なく展望台までたどり着いた。初めて見るT市の夜景は、なかなかのものだった。カメラを持っていかなかったことを、みんなで残念がったものだった。

それで終われば、いい思い出になったかもしれない。しかし、三十分ほどして地上におりてくると、山根たちは突然、目もくらむようなライトを浴びせられた。十人近い男たちが、靴音も高くこちらへ近づいてくる。

「何やってんだ、おまえら。こんなところへ忍び込みやがって」

あまりのことに、四人はすぐには口も利けなかった。

一人の男が歩み出た。山根たちのほうへ顔を突き出してくる。

「まず名前を言え。どこのだれだ？」

「服部和樹《はっとりかずき》です。T大法学部の一年生です」

塔へのぼろうと言いだした張本人の服部が名乗った。

「なんだ、T大生か。呆れるな。大学生にもなって、こんなことしやがって。わかってるのか、何をやったのか」

はっきり言えば、わかっていなかった。決して褒《ほ》められたことではないと思ってはいたが、シャッターに鍵はかかっていなかったのだ。悪いことをしているという気持ちは、ほとんどなかったと言ってもいい。

「ほかのやつも、ちゃんと名前を言え」

仕方なく、みんなが名乗った。保延幸太《ほのべこうた》、梅内高広《うめうちたかひろ》、山根淳一。

「まったく、このばかどもが。親御さんが泣くぞ」

男は調子に乗って山根たちを責めてきたが、彼の肩を叩くようにして、別の男が前に出てきた。年齢は三十代半ばぐらい、穏やかな顔つきをしている。どうやら彼がリーダー格らしい。

「実は、夏休みに入って暴走族とかがこの公園に出入りして、いろいろ悪さをしてるって聞いてね。今夜から、われわれ青年団がパトロールをすることになったんだ。きみたち、まさか毎晩、こんなことをしてるわけじゃないよね」

「初めてです。ここへ散歩に来て、シャッターをあげてみたら、鍵がかかってなかったものですから」

「鍵がかかってなかったら、どこへでも入っていいのか。えっ？」

答えた服部のほうに、先ほどの男が身を乗り出してきた。

リーダー格の男が、彼の肩を叩いてなだめる。

「まあ、苦労してT大にまで入ったんだ。きみたちのことは信じよう。ほんとうに初めてなんだね？　こんなことをしたのは」

四人はうなずいた。

「だったら、今夜のことは不問に付そう。ただし、もう二度とこんなばかなことはしないでくれよ」

「は、はい。ほんとうにすみませんでした」

四人の中では一番気の弱い梅内が、深々と頭をさげた。

納得したわけではなかったが、山根も彼にならった。一刻も早く、この状況から脱したいと思ったからだ。

塔にのぼっただけで、べつに悪さをしたわけではない。そのことは青年団のメンバーもわかってくれたようで、間もなく四人は解放された。

だが、それで終わりではなかった。翌朝九時、寮の館内放送で四人の名前が呼ばれ、即、大学の学生課まで出頭するようにと言われたのだ。

四人が出向いていくと、現れた学生課長の景山《かげやま》という男はかんかんだった。まだ四十前ぐらいの若さにもかかわらず、頭の禿《は》げあがった男だったが、こめかみにははっきりと青筋が浮き出ていた。

「貴様ら、なんてことをしてくれたんだ？　先輩たちが一生懸命築いてきた地元の人たちとの信頼関係が、台なしになってしまったじゃないか」

「ちょっと待ってください。どういうことですか？　俺たちはきのう、確かに松見公園の塔にのぼりました。でも、たったそれだけです。べつに悪いことは何も」

抗議する服部を、学生課長はじろりと睨《にら》みつけた。

「たったそれだけだと？　ばかも休み休み言え。おまえたちがやったことは、充分に犯罪なんだよ」

「犯罪？」

「貴様ら、法学部だろう？　そんなこともわからんのか。建造物侵入っていう、立派な犯罪だ。有罪になれば懲役刑《ちょうえきけい》にもなるんだぞ」

懲役刑と聞かされて、さすがに山根はうろたえた。

公園のパトロールを始めた青年団は、地元の交番に報告したらしい。警察としては黙っているわけにもいかず、とりあえず大学の学生課に連絡してきたというわけだ。

それでも、なお服部が抗議する。

「青年団の人たちは、今回は不問に付すって言ったんですよ。おかしいじゃないですか。そんなにすごい犯罪なら、即、警察でも呼べばよかったのに」

「おまえ、わかってるのか？　もし警察に引っ張られれば、当然、親も呼び出される。おまえらは未成年だから罪に問われる可能性は低いかもしれんが、そうなれば学校だって黙っちゃいない。悪ければ退学、うまくいっても停学は免《まぬか》れん」

服部はまだ不満そうだったが、ほかの三人はすっかりうなだれてしまった。

特に保延の落ち込みは激しかった。学生課長は、一年生だから未成年だ、と思ったのだろうが、保延は一年浪人をしているため、すでに二十歳だった。それだけ罪に問われる可能性が高いことになるのかもしれない。

「法学部なんだから、おまえらの中にも司法試験とかを目指してるやつがいるだろう。学生時代に懲役刑を食らったようなやつが、法曹界なんかに入れると思うか？　たとえ罪にならなくても、みんなの記憶には残るんだ。こんな程度の低いことをするやつに、だれが弁護なんか頼む？」

弁護士を目指している山根には、耳の痛い話だった。司法試験を受ける前の段階で、懲役刑などを食らうわけにはいかない。

その後、学生課長に連れられて、四人はまず地元の交番に行かされた。出てきた警官は、予想に反して感じのいい男だった。

「まあ、魔が差すってことはあるわな。これに懲《こ》りて、今後は真面目にやってくれや。なあ、みんな」

謝罪の言葉を述べた四人に、彼はそう言って笑ってくれた。

交番を出ると、今度はＴ市の農協に連れていかれた。そこで出てきたのは、あのリーダー格の男だった。頭をさげる四人に、にこやかに笑いながら言う。

「いやあ、かえって悪かったな。ぼくは大げさにするつもりはなかったんだけど、パトロールでは交番のお巡りさんにも協力してもらってるんでね。一応、報告だけはしておかなくちゃいけなかったんだ」

「とんでもないですよ。ほんとうにご迷惑をおかけしました。大学生のくせに、お恥ずかしい限りです。こいつらも反省していますんで、なんとか今回は許してやっていただけるとありがたいんですが」

山根たちへの態度とは打って変わって、学生課長は低姿勢だった。何度も何度も、深々と頭をさげている。

呼び出しの放送があったのは朝の九時だったが、謝罪を終えて学校に戻ってくると、もう十二時をすぎていた。

「いい大人が、いい加減にしろ。いいか、おまえら。仏の顔も三度とか言うが、おまえらには二度目さえない。今度、こんなことをしたら、俺が絶対に退学にしてやる。いいな」

学生課長にそんな権限があるのかどうかは疑問だったが、ともかく山根たちは頭をさげた。やれやれという感じで、それから四人で食事をしたことを、いまでもよく覚えている。

だが、まだまだこれで終わりにはならなかった。翌日、地元紙のT新聞に、山根たちのことが載ってしまったのだ。

「暴走族対策で青年団が松見公園のパトロールを始めたところ、シャッターをこじ開けて塔にのぼったのは、なんとT大生の四人組。これには青年団の面々も呆《あき》れてものが言えなかった」

このようなことが、面白おかしく書かれていた。

「シャッター、こじ開けたりしてねえのにな」

服部の悔しそうな言葉が、全員の気持ちを代弁していた。

そして夏休みが明けると、なぜかこの話が学内中に広まっていた。一地方紙とはいえ、新聞の力は大きかったということかもしれない。その結果、山根たち四人は、公園の名前を取って、松見ブラザーズと呼ばれるようになったのだ。

七年も前のことに思いを馳《は》せているうちに、山根は学生寮の敷地に入った。二年間、彼が暮らした十一号棟もそのまま残っている。ここまで来れば、学校まであと十分程度だ。

2

体育学部棟、芸術学部棟、山根が通った法学文学部棟をすぎ、ようやく理工学部棟に着いた。そのまま入っていくことも考えたが、山根は思い直した。村井が書いてくれたメモを見ながら、渡瀬佐知子の携帯ナンバーをプッシュする。

電話はすぐにつながった。山根が名乗ると、佐知子が応じてくる。

「あっ、ジュンくんね?」

「は、はい」

いきなりなれなれしい呼び方をされ、山根は少し面食らった。おそらく村井が、ジュンってやつが行く、とでも言ったのだろう。

「一馬から連絡をもらってるわ。あなた、ここの卒業生なんですってね」

「はい」

「いまどこにいるの?」

「理工学部棟の前です。できればすぐ岸井先生にお目にかかりたいんですが」

「ああ、それなんだけど、ちょっとまずいのよ。いまおりていくから、そこで待っててくれる？」

山根の返事も待たずに、佐知子は電話を切ってしまった。

この人のほうも、一馬って呼び捨てか。やっぱり村井さんと付き合ってたんだろうな。

佐知子と村井の関係を、山根は確信した。

五分もしないうちに、山根の目の前に女性が現れた。すでに帰り支度《じたく》を終えたらしく、オフホワイトのスーツ姿だった。スカートはかなりのミニ丈で、裾からむっちりしたふとももが悩ましく露出している。

似てる。沙絵子さんに似てる。

それが山根の第一印象だった。まずふとももに類似性を感じたのだが、決してそれだけではなかった。わりあいに顔がぽっちゃりしているところも、沙絵子とそっくりだ。

男の好みって、変えられないものなんだな、きっと。

違いを探すとすれば、体全体からにじみ出る隙《すき》の差くらいだろうか。警察官という職業柄もあって、沙絵子にはまったく隙というものがない。一方、佐知子は、どちらかといえば隙だらけだ。好みはともかくとして、佐知子にはかわいさのようなものを感じる。

山根は調査員のアルバイトで使っている名刺を差し出した。村井が名刺の裏に書いてくれた紹介状も手渡す。

「ご苦労様。大変だったでしょう、わざわざ東京から」

ねぎらいの言葉をかけてはくれたものの、佐知子はなぜか不機嫌そうだった。まったく笑顔を見せてくれない。

「新路線ができたんで楽々でした。こんなに近くなるなんて、信じられないくらいです」

「あら、初めてだったの？　あの電車」

「はい。卒業した年の開業でしたから」

「そう。岸井先生への紹介はあしたになるけど、とにかくお茶でも飲みましょう」

「あした？」

「実はね、いま研究室にはだれもいないのよ。東京で学会があって、出払ってるの」

「東京で、ですか」

「そうなのよ。一馬にも話したけど、もうちょっと早く連絡してもらってたら、あなたがここへ来ることもなかったのにね。向こうで教授たちに会えただろうし」

山根は肩の力が抜けるのを感じた。

佐知子は理工学部棟の向かいにある建物に山根を導いた。この中に書店やカフェテリアなどがあることは、山根もよく知っている。

それぞれが飲み物を買って、池に面した窓際の席に向かい合って座った。ソファータイプの椅子で、テーブルも低い。

ジンジャーエールをひと口すると、佐知子はすっと脚を組んだ。ただでさえ短いスカートの裾がずりあがって、ベージュ系のストッキングに包まれたふとももが、これまで以上に露出してきた。

うわあ、たまらないな。こんな格好をすると、ますます沙絵子さんにそっくりだ。魅惑的なふとももに目を奪われかけたが、山根はなんとか気を取り直した。

駄目だ、駄目だ。ぼくは奈津美さんのためにここへ来てるんだ。教授が留守だって、この人から聞けることは聞いておかないと。

山根がコーヒーで喉を湿らせ、喋りだそうとしたところで、初めて佐知子が笑みをもらした。その表情から、山根はまた沙絵子を連想した。やはり二人はよく似ている。

「ごめんなさいね。なんだかつっけんどんに感じたでしょう」

「いえ、べつにそんなことは」

「最初に一馬から電話をもらったとき、あたし、彼が来るんだと思ってたの。会うのは久しぶりだし、ちょっと期待してたから、がっかりしちゃったのよね」

「すみません。村井さん、仕事が忙しそうで」

山根が詫びると、佐知子は小さく首を横に振った。

「あたしにとっては、かえってよかったかな。こうやってジュンくんに会えたんだから」

「は？　どういうことでしょうか」

「ああん、そんな怖い顔しなくてもいいじゃないの。あたしだってまだまだ女よ。若い男の子に会えれば、それだけで楽しいわ」

こんなことを言われると、また山根はどきどきしてしまった。だが、なんとか気持ちを抑えた。佐知子のほうへ身を乗り出す。

「村井さんからお聞きになりました？　岩瀬弁護士が刺されたこと」

「ええ、聞いたわ。お気の毒にね」

「教えていただけますか、渡瀬さん。岸井先生が、うちの岩瀬にどんなことを相談されていたのか」

「ああ、悪いけどその呼び方、なんとかしてくれない？」

「呼び方？」

「あたし、いやなのよね、苗字《みょうじ》で呼ばれるの。なんだかおばさん扱いされてるみたいで」

「そ、そんなつもりはありませんよ。おばさんだなんて、ぜんぜん思ってませんし」

「ほんとに？」

「はい。すごくおきれいだし、とても村井さんと同級生には見えません」

お世辞を言ったつもりはなかった。佐知子は実際に美しかったのだ。沙絵子にも決して負けてはいない。

「ふふっ、ありがとう。だったら名前で呼んでくれる？　佐知子って」

「はあ、さ、佐知子さん」

「う〜ん、やっぱりいいわね、そのほうが。一瞬でも、独身に戻れたような気分になれるわ。四十の子持ちが、おかしいと思われるでしょうけど」

「四十？」

山根は首をかしげた。村井は確か三十七歳のはずだ。

「あたし、いったん東京の女子大に入ったの。でも、やっぱりあきらめきれなくて、Ｔ大を受け直したのよ。なかなか受からなくて、結果的には三浪したのと同じことになったの。だから一馬より三つも年上なのよ」

「信じられません。佐知子さん、どう上に見たって三十二、三ってところですよ」

これも本音だったが、佐知子はだいぶ気をよくしてくれたようだった。ジンジャーエールを口にしたあと、おもむろに脚を組み替えた。

スカートの裾がさらに乱れ、ふともがいちだんと見やすくなった。ぴったりと閉じ合わされた内ももの奥に、かすかだがパンスト越しにパンティーの股布がのぞいている。

山根はいちだんと欲情してきたが、すぐに自分を戒《いまし》めた。頭の中に、ＩＣＵの病室で闘っている奈津美の姿が浮かんできたのだ。

「お話、聞かせていただけますか。うちの岩瀬と岸井先生のこと」

「学部長選の話は聞いてる？」

「いいえ、ぜんぜん」

卒業生とはいっても、山根は理工学部についてはほとんど知識も興味もなかった。学部長選挙のことなど、わかるはずもない。

「津久井《つくい》学部長が年度末で勇退されるんで、前々から岸井先生が後任の候補にあがってたの。本人もすっかりその気だったし、あたしたちはすんなりそうなると思ってたのよ。なのに、二カ月くらい前から、急に情勢がおかしくなってきて」

「どうかされたんですか、岸井先生」

「単純に言っちゃうと、ライバルが現れたのよ。今年の春から理論物理学の研究室に来た人で、菊池《きくち》先生って方がいるの。関西の大学から引き抜かれた方だから、研究のほうではかなり有名らしいわ。その人が、どうも立候補することにしたみたいなのよ」

学部長選挙と弁護士。山根の中では、どうにも結びつかないものだった。

「岸井先生が学部長選のことで悩まれていたのはわかりました。でも、それで弁護士に相談っていうのは、理解できないんですが」

「そうよね。あたしにもよくわからないわ。ひと月くらい前に、突然、先生から言われたのよ。きみ、だれか優秀な弁護士を知らないかって。あたしの知り合いにはいないけど、すぐに一馬のことを思い出したの。弁護士事務所に出入りしてる人と親しくしてるって話は、同窓会のときに聞いてたから」

村井は佐知子に諸岡のことを話したのだろう。その事実がなければ、奈津美が刺されることもなかったのではないかと思うと、少しだけ村井を恨みたくなる。

「相談の内容は、ぜんぜんお聞きになってませんか、佐知子さん」

山根はあえて最後に名前を呼んでみた。そうすることが、佐知子の気分をよくすることがわかったからだ。

「ごめんなさいね、ジュンくん。一馬の頼みだし、できるだけ力にはなりたいんだけど、あたしも詳しいことは何も聞かされてないのよ。岩瀬さんって弁護士さんが大学に見えて、ここで岸井先生と会ってたことは知ってるんだけど」

「ここで、ですか」

「そうよ。二回ぐらい、あたしも見かけたわ。きれいな人よね、あの弁護士さん」

また奈津美の顔が脳裏に浮かんできて、山根は気を引き締めた。犯人を捕まえるためにも、できるだけ詳しく話を聞かなければならない。

「岸井先生って、どんな方ですか」

「ひと言で言うのは難しいけど、いい先生よ。学生にも慕《した》われてるし」

「ここの卒業生なんですか」

「そうよ。いま五十二歳で、確か二期生だったはず。学園都市が建設途中で、入学したころは泥道ばかりだったって話を聞かされたわ。長靴がなければ学校へ通えなかったって」

佐知子にとっても山根にとっても、岸井は大先輩ということになる。

教授が犯人だなんてこと、あるんだろうか？

山根は初めてそこに思い至った。奈津美がかかえていた問題について、いまのところ関係者は岸井しか登場していない。いくら地位も名声もある人間とはいえ、容疑者の一人として考えざるを得ないだろう。

「岸井先生は岩瀬に相談して、何か解決した感じはあったんでしょうか」

「それもわからないわね、あたしには。ただ、学部長選については、ほとんどあきらめムードになってるわ」

「物理学のほうの新しい先生に、負けちゃったってことですか」

「事情は知らないけど、とにかくこのごろはそんな雰囲気なのよ。一時はその話ばかりしていたのに、最近はぜんぜんしないし」

自信なさそうに言って、佐知子は時計を見た。

「ごめんなさい。あたし、そろそろ行かないと」

「あっ、すみません。余計なお時間を取らせてしまって」

「いいのよ。そうそう、忘れるところだった。今夜、こっちに泊まるんでしょう？　大学会館のホテル、予約しておいたわ」

大学会館というのは、理工学部棟と法学文学部棟の間にある建物だ。コンサートなどの催《もよお》し物が開かれる大小のホールのほか、レストランやホテル設備などが整っている。

「うちの研究室のゲストってことにしておいたから、料金は格安よ。フロントで岸井研究室の紹介だって言ってくれれば、わかるようになってるわ」

「ありがとうございます。助かりました」

もう少し何か聞きたい気もしたが、村井は抑えた。これ以上食いさがって、佐知子に嫌われてしまっては元も子もない。

二人で一緒にカフェテリアを出て、大学会館への道を歩いた。

「一馬、よかったわね。高校時代から好きだった人と結婚できて」

いきなり佐知子に切り出され、山根はどぎまぎしてしまった。

「決断が遅すぎたくらいよね。ほんとはあたしなんかと付き合わないで、学生時代に一緒になっちゃえばよかったのよ。あいつ、ずっと彼女のことが好きだったんだから」

「えっ?」

佐知子さんは、沙絵子さんのことを知ってるんだろうか? 尋ねてみたかったが、山根は言葉にはできなかった。なぜなら、いつの間にか佐知子が目に涙を浮かべていたからだ。佐知子は佐知子なりに、本気で村井を愛していたのかもしれない。

「ごめんね、変な話をしちゃって」

「いいえ、ぜんぜん」

「よかったわ、ジュンくんに会えて」

大学会館の前で立ち止まると、佐知子はすっと右手を差し出してきた。

山根は素直にその手を握った。

手の柔らかさを感じたとたん、股間が鋭く反応したが、山根は自分を戒めたりしなかった。村井を思って涙を流した佐知子に、好感を持ったからだ。この場で彼女を抱きしめたいくらいの気分になっている。

だが、もちろんそんなことはできなかった。

「じゃあ、あしたね。午後には教授たちも出てきてるだろうから、お昼ごろ、携帯にかけてくれる？」

「わかりました。ほんとうにありがとうございました、佐知子さん」

にっこり笑って手を放し、佐知子は去っていった。

佐知子の姿が見えなくなるまで、山根はずっとその場に立ちつくしていた。

3

ホテルにチェックインを済ませた山根は、大学三、四年生のときをすごしたアパート「松栄荘《しょうえいそう》」の近くに来ていた。当時通っていた定食屋へ行こうと思い立ったのだ。

考えてみたら、きょうは朝から何も食べていなかった。奈津美が刺されたという事実に驚いたあまり、空腹感などまったく忘れていたらしい。

変わってないな、アパート。

木造の建物が二つ、並んで建っていた。それぞれ十二室あり、北側が男子学生用、南側が女子学生用だ。

奥さん、元気だろうか？

山根の脳裏に、一人の女性の姿が浮かんできた。アパートのオーナーである松村栄作《まつむらえいさく》の一人息子の嫁、静香《しずか》だ。

学生時代、山根は静香にあこがれたものだった。アパートの階段を掃除している彼女の姿を、いつもぽうっとなって眺めていた記憶がある。

あのころ三十一、二歳だったから、いまは三十五、六になっているはずだ。肉感的な体形は、そういえば奈津美に似ていた。

ぼくの好みも変わってないってことだな。

苦笑しながら立ち去ろうとしたとき、山根は不意にぽんと肩を叩かれた。

ぎくりとして振り向くと、なんと松村静香、その人が立っていた。買い物の帰りらしく、野菜などであふれんばかりの籠《かご》をさげている。

「お、奥さん」

「わあ、やっぱり山根くんだったのね。うちを訪ねてきてくれたの？」

「は？　いえ、そ、そういうわけじゃないんですけど」

「なんでもいいわ。とにかくあがって。ねっ？」

「いやあ、でも」

「義父《ちち》も喜ぶわ。うちの旦那は相変わらずで、今夜もすごく遅くなりそうだけど」

静香の夫は、T市内にある高等専門学校の教師だ。ロボット部の顧問をしているとかで、山根の在学当時から帰りは遅かった。テレビ局が主催する高専対抗のロボット・コンテストがあるため、その準備で一年中いつも忙しいのだ。

「あっ、そうだわ。晩ご飯、うちで食べていってよ」

「そんな、いくらなんでも、そこまで図々しいことは」

「何を言ってるの。遠慮なんか、あなたに似合わないわ。こっちよ」

松村家はアパートの南側に建っているはずだったが、門を入ったところで、山根は唖然とした。かつて梨畑だったところに、もう一軒、立派な家が建てられていたからだ。

「ふふっ、義父が建ててくれたの。あたしたち夫婦のために」

「同じ家で暮らしてないんですか、おじさんと」

「食事だけは一緒よ。あたしが作ったのを食べてもらってるわ。来て、山根くん」

屋敷と呼んでもよさそうな家の玄関を入ると、間もなく松村が現れた。彼はちょうど七十歳。妻に先立たれて十年近くになるらしいが、相変わらず日に焼けていて、元気そうだった。梨畑はなくなってしまったが、まだ裏で畑仕事をしているのだろう。

「いやあ、びっくりだな。山根くん、ずいぶんと立派になって」

「とんでもない。まだ司法試験にも受からず、浪人中の身です」

「まあ、日本で一番難しい試験を目指してるんだ。そう簡単じゃないだろう。あがって、あがって。いやあ、うれしいな、昔の店子《たなこ》が訪ねてきてくれるのは」

山根もうれしかった。これほど歓迎してもらえるとは、思ってもいなかったのだ。店子などという言葉を聞いたのも、卒業以来だ。学生時代が懐かしくなる。

十畳以上もある茶の間に通され、卓袱台《ちゃぶだい》の前に座って待っていると、静香がビールを運んできた。松村は手酌だが、山根のコップは静香がなみなみと満たしてくれる。

山根は狼狽《ろうばい》していた。静香が、超がつくほどのミニスカートをはいていることに、このときになって気づいたのだ。しかも彼女は生足だった。むっちりした素足の白いふとももが、手を伸ばせば届くところにある。

股間で肉棒が騒ぎ始めるのを、山根はどうすることもできなかった。松村と乾杯するころには、ズボンの前がすっかり窮屈になっていた。ふたたび台所に立っていく静香のふとももを、ついじっと見つめてしまう。

「さあ、飲んで、飲んで。ビールぐらい、いくらでもあるから」

「はあ、ありがとうございます」

酒は強いほうではないから、あまりありがたくはなかったが、山根はとりあえず一杯、飲み干した。

手際のいい静香はさっさと軽いつまみを用意し、茶の間に運んできた。皿を置いたところで山根の隣に腰をおろし、二杯目のビールを注いでくれる。

静香が横座りになったため、短いスカートの裾から、さらに白いふとももが剝き出しになった。山根が視線を落とすと、ほんのかすかだが、ものの付け根に白いものがのぞいた。パンティーまで見えたことになる。

ああ、思い出すなあ。あのころは毎日、奥さんのことを考えて握ってたんだ。

学生時代の日常が脳裏によみがえり、山根はしばらく郷愁《きょうしゅう》にひたった。もちろん、静香のふとももに目をやることは忘れていない。

「で、きょうはどうしたんだい、山根くん」

おいしそうに一杯を飲み終えた松村の声で、山根は現実に引き戻された。静香は立ちあがり、またキッチンに引っ込んでしまう。

「ぼく、法律事務所で調査員のアルバイトをさせてもらってるんですけど、理工学部の教授に関することで、ちょっと調べものがあって。応用化学の岸井って先生なんですけど」

「岸井？」

山根の言葉に、松村は顕著《けんちょ》な反応を示した。

「岸井って、もしかして岸井甚太郎《じんたろう》くんのことかい？」

山根はバッグの中から、あわてて村井が書いてくれたメモを取り出した。フルネームでは覚えていなかったのだ。松村の言うとおり、確かに岸井甚太郎となっている。

「ご存じなんですか、おじさん」

「ははは、ご存じも何も、岸井くんは学生時代、うちの店子だったんだよ」

「ほんとですか？」

「三年のときに入居して、大学院の博士課程までずっといた。大学の助手になってからも一年くらいいたから、全部で八年はここで暮らしたことになるなあ」

「八年も、ですか」

「当時はまだ親父の代だったが、よく覚えてるよ、彼のことは。先生になっても四、五年は、しょっちゅう訪ねてきてくれたしな」

意外な展開になったものだった。山根が学生時代をすごしたこのアパートに、なんと岸井も住んでいたというのだ。

「どんな学生だったんですか、岸井先生は」

「そりゃあ、実に優秀な学生だったさ。いつも勉強ばかりしていたな。だが、ちょっと苦労もしてるんだよ、彼は」

「苦労？」

山根が問いかけると、松村は少し言い淀んだ。手酌でビールを注ぎ、ぐいっと飲み干してから、あらためて山根に目を向けてくる。

「もう時効だからいいだろう。実はな、岸井くんは選挙違反に引っかかったんだ」

「選挙違反？」

「うむ。ちょうど三十年くらい前になるが、県議会議員の選挙があってな。仲間に誘われて、彼は不在者投票へ行ったんだ。ある現職の県議に投票するためにな。たった三千円、それに石鹸《せっけん》一個と引き替えにだ」

「現金を受け取ったわけですか。なぜそんなことを？」

「魔が差したとしか言いようがないな。その県議を応援してた連中が、学生の浮動票に狙いをつけたんだ。ほら、T大は学生に住民票を移動させるだろう？」

そういえば山根も入学時、ここへ住民票を移した覚えがある。

「体育学部の連中が中心だったが、岸井くんたち理工学部の学生も多かった。全部で三百人くらいが警察の取り調べを受けたって話だ」

「三百人ですか。そりゃあすごいですね」

先輩の話ではあるが、三十年前のことでは、山根が知っているはずもなかった。

「罪になったんですか、学生たちは」

「いや、結果的には全員が不起訴だったよ。社会的にはずいぶん叩かれたがね。学生とはいえ、選挙権があるんだから彼らはみんな大人だ。いい大人が、わずか三千円のために不法行為をしたんだからな」

いい大人が、という松村の言葉で、山根は松見公園事件のことを思い出した。山根たちも罪に問われることはなかったが、当時の学生課長から、さんざん罵《ののし》られたものだった。

しかし、選挙違反となれば、これはもう立派な犯罪と言うしかなかった。かなり厳しく取り調べられたに違いない。

「違反に関わったことで、岸井先生に何か困ったことでも起きたんですか」

「うん、ちょっとね。ちょうど大学院の試験を受けていたときでね、最終的には合格したんだが、ずいぶん発表が遅れたんだ」

「選挙違反のせいで、ですか」

「学校側が世間体を考えたんだろうな。選挙違反をするようなやつを合格させていいのかって、強硬に主張した先生もいたらしい。しばらくの間、岸井くんも死んだようになってたのを覚えてるよ」

三十年前の選挙違反か。岸井先生、まさかそのことで奈津美さんに相談を持ちかけたんじゃないだろうな。

一応、考えてはみたが、山根はすぐに首を振って却下した。起訴もされなかったうえに、もう三十年も昔の事件なのだ。そんなことが原因で、いまさら岸井に不都合が生じるとも思えない。

「もうずいぶんと会ってないが、よろしく言っておいてくれよ、岸井くんに。機会があったら会いたいって」

「はい、お伝えしておきます」

松栄荘の件は話のとっかかりにはなるな、と山根は思った。

「ねえ、もうご飯にしちゃってもいい？」

静香の声で、山根は現実の世界に戻った。茶の間の入口に、静香が立っていた。ミニスカートの裾から剝き出しになった、白いふとももがまぶしかった。眺めているだけで、肉棒がまたいっぺんに硬くなってしまう。

「お、お願いします、奥さん。ぼく、お腹がすいちゃった」

「ふふっ、待っててね。いますぐ用意するから」

くるっと振り向いてキッチンへ向かう静香のふとももに、山根はじっと憧憬の視線を注いだ。

第四章　絶　頂

1

「いやあ、今夜は楽しかったよ、山根くん」

すっかり酔っぱらってしまった松村が、玄関まで送ってくれた。隣にある自宅に帰る静香も、山根の横で靴をはいている。

「すみません、すっかりご馳走になっちゃって」

「とんでもない。またいつでも訪ねてきてくれよ。待ってるからさ」

「ありがとうございます。それじゃ、これで」

頭をさげて、山根は玄関を出た。

静香も出てきて、しっかりと扉を閉める。

「ご馳走様《ちそうさま》でした、奥さん。すごくおいしかったです」

山根は静香にも、あらためて礼を言った。

小さく首を振って、静香は山根と一緒に歩きだした。驚いたことに、すっと腕をからめてくる。

「お、奥さん」

「せっかく遠くまで来てくれたんだもの、うちにも寄っていってよ」

「いや、でも、もう遅いし」

「ああん、何を言ってるの？　まだ八時じゃないの。主人だって、あと最低二時間は帰ってこないし、あたし、寂しいんだもん。ねっ、いいでしょう？」

かつてあこがれていた女性にここまで言われては、山根も断るわけにはいかなかった。超ミニスカートからのぞいている静香のふとももを、もう少し見ていたいと思ったせいでもある。

静香は鍵を開け、山根を中に導いた。ドアの向こうに、リビングダイニングが広がっている。

「うわあ、あっちのお宅と違って洋風なんですね」

「ふふっ、そうよ。広いリビングは、特にあたしの希望だったの。子供がいないし、二階を寝室にして、ここはとにかくスペースを取ってもらうことにしたのよ」

高級そうなソファーに、山根は腰をおろした。

静香はキッチンへ行き、お湯を沸かし始める。

「コーヒーでいい？」

「はい」

「覚えてる？　家賃《やちん》を払いに来たとき、あたしがコーヒーをいれてあげたこと」

「もちろん。おいしかったな、奥さんのコーヒー」

「いまはもっとおいしいわよ。ドリップのやり方も、かなり鍛《きた》えたし」

松栄荘の家賃は、毎月二十五日から月末までの間に、松村の家に払いに行くことになっていた。松村は商売気がないのか、あと家賃だったのを覚えている。つまり、一月の家賃は、一月末までに払えばよかったのだ。

時間までは指定されていなかったが、山根は必ず昼間のうちに払いに行った。松村と息子は仕事で留守のため、その時間なら必ず静香が応対してくれるとわかっていたからだ。そのたびにいれてくれるコーヒーが、山根の楽しみでもあった。

間もなく部屋いっぱいに芳香が漂いだした。

「いい匂いですね。思い出すなあ、あのころのこと」

「きょうはコロンビアにしてみたわ。あたしが一番好きな豆なの」

手際よくコーヒーを落とし、静香がカップを運んできた。二つのカップをテーブルに置き、正面のソファーに座る。

「いただきます」

そう言ってひと口すすった山根は、そのおいしさにびっくりした。

「すごいな、奥さん。こんなコーヒー、喫茶店でもなかなか飲めませんよ」

「うれしいわ、喜んでもらえて」

静香もひと口飲んだあと、さりげない動作で脚を組んだ。

とたんに、山根はたまらない気分になった。ただでさえ短いスカートの裾がずりあがって、素足のふとももがすっかり露出してきたからだ。

股間は鋭く反応した。勃起したペニスが、ズボンの前を押しあげてくる。

ほとんど間をおかずに、静香は脚を組み替えた。裾はさらに乱れたが、直そうともしなかった。山根に見せてくれようとしているとしか思えない動作だ。

「ねえ、一つだけ教えて、山根くん」

「なんでしょうか」

「学生時代、あたしのこと、どう思ってた？」

「どうって、そりゃあ、すてきな女性だなって」

「ほんとに？」

「はい。ずっとあこがれてました」

「エッチなことをするとき、あたしのことを想像してくれたりもしたの？」

唐突にきわどいことを尋ねられ、山根は絶句した。それでも、目は相変わらず静香の下半身に向けられていた。白いふとももが、迫ってくる感じだ。

「ちゃんと答えてよ、山根くん。あたしのこと、思い浮かべてくれたの？」

「と、当然です。ここのアパートに入ってからは、いつも奥さんのことばかり考えてました。階段の掃除をしてるところとか、よく見かけてましたから」

山根は本音を口にした。実際、松栄荘にいた二年間、山根にとってオナニーの対象は、ずっと静香だったのだ。

静香はくすっと笑い、今度は実にゆっくりとした動作で脚を組み替えた。ぴったり閉じ合わされたふとももの間に、かすかだが白い三角形がのぞいた。パンティーの股布に違いない。

「気づいてたわ、山根くんが階段の下から見てたこと」

「す、すみません」

「いいのよ、謝らなくても。あたし、うれしかったんだから」

「うれしかった？」

「あたしだって女よ。若い男の子に見つめられて、いやな気持ちがするわけないじゃないの」

突然、静香は組んでいた脚をほどいて立ちあがった。テーブルをまわり、山根の隣に身を接するようにして腰をおろしてくる。

興奮しながらも、山根は緊張した。山根の気も知らずに硬化している肉棒が、恨めしく思えてならなかった。だが、どうすることもできない。

「話してほしかったな、あのとき」

「は？　どういうことですか」

「いまあなたが言ったことよ。あたしにあこがれててくれたんでしょう？」

「はい。奥さん、とってもすてきでしたから。あっ、いまだってすてきですけど」

静香はまたほほえんだ。

「もしあなたが打ち明けてくれてたら、あたし、イチコロだったと思うな」

「イチコロって？」

「あなたに抱かれてただろうって言ってるのよ」

言いながら、静香は右手を山根の膝に置いた。その手がふとももから股間へとすべりあがってくる。

「ああ、お、奥さん」

「ふふっ、山根くんったら、もうこんなに大きくして」

静香の手に触れられ、肉棒はさらに肥大した。

山根はうろたえた。このままさわられていたら、ズボンの下で間違いなく暴発してしまうだろう。

「だ、駄目ですよ、奥さん」

「主人のことなら心配いらないわ。言ったでしょう？　あと二時間は帰ってこないって」

「そういうことじゃなくて、ぼく、その、い、いっちゃいそうで」

山根の差し迫った言葉を聞き、静香はハッとしたように手を放した。いたずらっぽい笑みを浮かべる。

「けっこう敏感なんだ、山根くん」

「あこがれの女性にさわられたら、だれだってこうなりますよ」

「じゃあ、もっと落ち着いたところでしましょうか」

「落ち着いたところ？」

「ベッドのある場所よ」

平然とそれだけ言うと、静香は立ちあがった。

手を取られて、山根も席を立った。いまは静香に従うしかない。

階段をあがると広い廊下があり、部屋が三つ並んでいた。そのうちの一つのドアを開け、静香は山根を導き入れる。

「心配しないで。主人と二人で寝ているベッドに、あなたを誘ったりはしないわ。ここは客間なの」

十畳くらいはありそうな洋間に、セミダブルのベッドが置かれていた。

静香はさっさとTシャツを脱ぎ捨て、ミニスカートもおろしてしまった。背中に手をまわしてホックをはずし、ブラジャーを床に落とす。

「ああ、奥さん」

白いパンティー一枚だけの姿になった静香を、山根は陶然となって眺めた。乳房は予想以上に大きかった。大きく揺れた左右のふくらみがぶつかり合い、たぷたぷと淫猥な音をたてている。

「どう、山根くん。がっかりしたんじゃない？」

静香の問いかけに、山根はぶるぶると首を横に振った。

「がっかりなんか、するわけないじゃないですか。すてきですよ、奥さん。ぼく、目がまわりそうだ」

「残念だわ。あのころなら、もっといい体をしてたのに」

静香は床にひざまずいた。躊躇することなく両手を伸ばし、山根のベルトをゆるめた。まずはズボン、続いてブリーフを、足首のところまでずりさげてしまう。

いいんだろうか、ぼくはこんなことをしていて。

突然、山根の脳裏に、病院のベッドで苦しんでいる奈津美の顔が浮かんできた。だが、それも一瞬だった。事件については一生懸命調べるつもりだが、女としての奈津美のことはもう忘れなければならないのだ。そのためには、これはいい機会とも言える。

「ほんとにすごいわ。お腹にくっついちゃってるじゃないの、あなたのこれ」

ややかすれた声で言い、静香は右手で肉棒を握った。先端を自分のほうへ向け直し、そこに顔を近づけてくる。

奥さん、きっとフェラチオをしてくれるつもりなんだ。

山根は感激した。松栄荘に暮らしていた二年の間、静香に口唇愛撫をしてもらうところを、どれほど想像したか知れない。

やや肉厚の朱唇を開き、静香は長い舌を突き出した。亀頭の裏側の筋状になった部分を、繊細《せんさい》なタッチで舐めてくる。

「ううっ、ああ、奥さん」

山根の体が大きく震えた。断続的に押し寄せてくる射精感を、なんとかやりすごしているという状況だ。

肉棒の裏側を、静香は縦に何度か舐めあげた。そこで一度、上目づかいで山根を見てから、すっぽりとペニスを口に含んだ。鼻から悩ましいうめき声をもらしながら、ゆっくりと首を前後に振り始める。

「うわっ、だ、駄目だ。ああっ、奥さん」

必死で耐えていた山根も、さすがに限界だった。肉棒に射精の脈動が始まってしまったのだ。びくん、びくんと震えるペニスの先端から、濃厚な欲望のエキスが噴出する。

静香は、まったくうろたえた様子は見せなかった。首の動きを止め、じっと精液のほとばしりを受け止めている。

脈動が終わっても、しばらく静香は肉棒を放さなかった。

目を閉じた静香の顔を、山根は美しいと思った。彼女の口に射精したのだという現実に、新たな感激が湧いてきた。思わず両手で静香の髪の毛を撫でる。

たっぷり二分ほどが経過してから、ようやく静香は肉棒を解放した。ごくりと音をたてて口腔内の精液を飲みくだし、はあっと大きく息をつく。

「いっぱい出たわね。びっくりよ、山根くん」

「すみません。ぼく、我慢できなくて」

「ああん、ぜんぜんかまわないのよ。あたし、そのつもりだったんだし」

これまでに聞いたこともないようなセクシーな声音で言い、静香はゆっくりと立ちあがった。ウエストに手をやり、左右に身をくねらせながら、白いパンティーを体に沿っておろしていく。

股布が股間を離れるとき、蜜液が長く糸を引くのが、山根にもはっきりと見えた。肉棒をくわえているうちに、静香は秘部をすっかり濡らしてしまったらしい。

足首からパンティーを抜き取ると、静香は黙ってベッドにあがった。あお向けに横たわり、潤んだ目を山根に向けてくる。

「今度はあなたがしてくれる？　あたしのここを、お口で」

静香は右手を下腹部におろし、中指の先で淫裂を縦になぞってみせた。

山根はこっくりとうなずき、その場で足踏みをするようにして、足首にからみついていたブリーフとズボン、それに靴下を取り去った。上半身に着ていたものも脱ぎ捨て、静香の待っているベッドにあがる。

静香は大きく脚を開いた。

山根はその間で腹這いの姿勢を取った。ベッドに両肘をつき、両手のひらで下から静香

のふともも に触れた。なめらかな肌ざわりにうっとりしながら、秘部に向かって顔を近づけていく。

ヘアは薄めだった。そのヘアに守られるように、薄褐色の秘唇が息づいていた。大きく広がった肉びらは、すでに蜜液まみれだ。淫水の一部はお尻を伝って流れ落ち、シーツにシミを作っている。

淫靡な牝臭にくらくらしながら、山根はさらに迫った。舌を突き出し、まずはクレバスを下から上へ舐めあげた。スパイスの利いた蜜液の味が、妙に刺激的だった。ますます淫靡な気分が盛りあがってくる。

縦の愛撫を何度か繰り返したあと、山根は秘唇の合わせ目を探った。

静香のクリトリスは、米粒のように小さかった。それでも充血して、しっかりと存在を誇示していた。舌先でつつくと、静香は体を震わせ、悲鳴に近い声をあげる。

「ああ、すごい。すごいわ、山根くん。もっとよ。もっと舐めて」

舌に肉芽をこすりつけようとするかのように、静香はベッドから腰を突きあげてきた。

唐突に、山根は昨夜のことを思い出した。こうやって秘唇に舌を這わせていたとき、奈津美は指を入れてくれとねだってきたのだ。肉洞の天井に刻まれた襞が、クリトリスに勝るとも劣らない性感ポイントのようだった。

同じことを試してみよう。奥さんも感じてくれるかもしれない。小さな円を描くように舌を動かし続けながら、山根はふとももにあった左手を顔の下に持ってきた。中指一本だけを、ゆっくりと淫裂に突き入れてみる。

静香の体が、びくんと震えた。とたんに、肉洞がきゅっとすぼまったように感じられた。相当の力で指を締めつけてくる。

この指がペニスだったらと考えただけで、山根は激しく欲情した。白濁液を放ってからそれほど時間はたっていないが、肉棒はすでに完璧なまでに再勃起している。

指の腹で肉洞の天井を探ると、奈津美と同じように、細かく刻まれた肉襞が当たってきた。襞と直角に交わるように、山根は指を前後させ始める。

「ああっ、すてき。いいわ、山根くん。これ、すごくいい」

静香の声が裏返った。感じてくれていることは間違いない。

山根は指の動きを速めた。同時に、舌にも力をこめた。クリトリスと肉襞を、同時に激しく攻撃していく。

静香のお尻が、ベッドから浮きあがり始めた。体全体でブリッジを作る格好になる。

「だ、駄目よ、山根くん。あたし、あたし、ああっ」

がくん、がくんと大きく全身を揺らしたあと、静香はお尻をベッドに落下させた。苦悶の表情を浮かべ、両手で秘部から山根の顔を振り払う。

いってくれたんだ。ぼく、奥さんをいかせることができたんだ。

口のまわりについた淫水を手の甲で拭い、静香の裸身を眺めながら、山根は不思議な満足感に包まれていた。

2

「ごめんなさい、山根くん。あたし、一人で勝手に」

ハッとしたように目を開け、静香が謝ってきた。絶頂に達するところを見られたことが恥ずかしいのか、頬をほんのりと赤く染めている。

静香に添い寝するように、山根は身を横たえた。彼女の額《ひたい》に浮いた汗を、手でそっと拭ってやる。

「うれしかったですよ。奥さん、すごく感じてくれたみたいで」

「感じたなんてもんじゃなかったわ。ふふっ、隅に置けないわね、山根くんも」

「えっ？」

「フェラですぐに出しちゃったから、あんまり慣れてないのかなって思ってたのに。信じられないわ、こんなに簡単にあたしをいかせちゃうなんて。これまで、けっこう遊んできたんでしょう」

「そんな、誤解ですよ。経験はむしろ少ないほうなんじゃないかな」

「でも、慣れた感じだったわよ。クリちゃんを舐めながら、あそこに指を入れたりして」

山根は苦笑した。昨夜、奈津美に教わったばかりの行為を褒められたからだ。とはいえ、静香が喜んでくれたのだから、もちろん悪い気はしない。

「あら、またこんなになってるわ、山根くんのこれ」

いつの間にか、静香の右手が山根の股間に伸びていた。やんわりと握った肉棒を、ゆるゆるとこすり始める。

「ああ、欲しくなっちゃった。来て、山根くん」

山根はうなずき、静香が開いた脚の間に移動した。膝立ちの状態から、おもむろに静香の上に覆いかぶさっていく。

静香はふたたび右手で肉棒を握った。その手をゆるゆると動かして、張りつめた亀頭の先端を淫裂へと誘導する。

肉棒は、いつ爆発してもおかしくない状態になっていた。このままでは、挿入前に射精ということにもなりかねない。

「ここよ、山根くん」

静香の言葉を聞くと、山根は待ちきれないとばかりに、ぐいっと腰を突き出した。ペニスは根元まで、すんなりと静香の体内にもぐり込んだ。その瞬間、間違いなく肉洞がすぼまった。指のときと同じだった。肉棒が強烈に締めつけられる。

「ううっ、す、すごい。こんなにきついなんて」

「痛いの？」

「とんでもない。最高ですよ、奥さん」

締めつけてくるばかりではなかった。内部の柔肉が、ひくひくと妖しくうごめいている感じがするのだ。こうして挿入しているだけでも、刻々と射精が近づいてくるのを山根は実感する。

駄目だ、駄目だ。ぼくばっかり気持ちよくなるわけにはいかないぞ。奥さんにも、もっと感じてもらわなくっちゃ。

押し寄せてくる射精感と闘いながら、山根は上体を起こした。密着していた二人の下腹部の間に、隙間を作ったのだ。静香のへその下あたりに、右手の親指以外の四本指を置いた。そのうえで、親指の腹を秘唇の合わせ目にあてがう。

こりこりしたクリトリスが、心地よく指に当たってきた。先ほど舌でやったのと同じように、指でゆっくり肉芽を撫でまわしつつ、山根は腰を使いだした。

「ああっ、すてき。す、すごくいいわ、山根くん。どうしましょう。あたし、またいっちゃいそう」

左右に首を打ち振って、静香が快感をあらわにした。その頬はますます紅潮し、目が潤んできている。

山根はさらに上体を立て、ベッドについていた左手を浮かした。その手を静香の体側に沿ってすべりおろし、ふとももの外側に触れた。むっちりとした肉感にうっとりしながら、脚をかかえ込むような格好で、腰の動きを速めていく。

「だ、駄目よ、山根くん。あたし、ほんとにもう」

「ぼくもですよ、奥さん。いいんですか、このまま出しちゃっても」

「いいわよ。出して。あたしをめちゃくちゃにして」

気がつけば、山根のピストン運動のリズムに合わせて、静香もベッドから腰を突きあげてきていた。ぴちゃぴちゃという淫猥な音が、部屋中に響きわたる。

「いくわ、山根くん。あたし、いっちゃう」

「ううっ、ぼくもだ。ああっ、奥さん」

山根のペニスが脈動を開始した。二度目とは思えないほどの勢いで、静香の肉洞に向かって欲望のエキスがほとばしっていく。

ほとんど同時に、静香の体に痙攣が走った。彼女も二度目の絶頂を迎えることができたらしい。

肉棒がおとなしくなったところで、山根は静香に体を預けた。

密着した二人の胸の鼓動が、まるでティンパニーの音のように響いてきた。肉棒は挿入されたままだったが、締めつけはいつしかゆるんでいた。静香の肉洞全体が、やんわりとペニスを包み込んでくれている。

「すてきだったわ、とっても」

先に言葉を発したのは静香だった。

「ぼくも最高でした。夢がかないましたよ」

「夢？」

「学生時代、いつも想像してましたからね。こうやって奥さんを抱けたら、どんなにいいだろうって」

「そんな夢なら、早いうちにかなえてあげればよかったわね。あたしがもっといい女だったころに」

「何を言ってるんですか。奥さん、いまだってきれいです。いや、あのころよりもっとセクシーになってる気がするな」

「ああん、そんなこと言われると、あたし、また感じてきちゃうわ」

くすっと笑い、静香は唇を求めてきた。

山根が応じ、二人の唇が重なると、すぐに静香の舌が口腔内にもぐり込んできた。快感の余韻《よいん》の中で、ねっとりと舌をからめ合う。

長いキスを終えると、静香がじっと見つめてきた。

「ねえ、山根くん。お願いがあるの」

「なんですか」

「もう一度、あなたのあれ、舐めさせてくれる?」

「ぼくは大歓迎ですけど、いいんですか、そんなことしてもらって」

「覚えておきたいのよ、あなたのあれの感触を。だって、次はいつ来られるか、わからないでしょ?」

いたずらっぽい静香の言葉に、山根はどきっとした。また訪ねてくれれば、こうやって相手をしてもらえるという意味にも取れる。

山根は静香の体からおりて、あお向けになった。

静香は上体を起こし、すぐに山根の股間に顔を近づけてきた。山根の顔のほうに、脚を投げ出したような格好だ。

「へえ、立派ね。山根くんのこれ、ぜんぜん柔らかくなってないわ」

「そりゃあ、あこがれの女性を抱けたんですから。何回だってできそうな気がしますよ」

「ああ、山根くん」

そそり立った肉棒を、静香はすっぽりと口に含んだ。すぐに首を振り始める。

最初のうちこそ、くすぐったさを感じたが、それは間もなく快感に変わった。うっとりした気分で、山根は目の前にある静香の脚に手を伸ばした。むっちりしたふとももに、手を触れてみる。

すべすべの肌ざわりを感じたとたん、脳裏に奈津美の顔が浮かんできた。もう触れることはないかもしれないが、奈津美のふとももの すばらしい手ざわりを思い出したのだ。

ふとももにさわられたことが刺激になったのか、静香は鼻から悩ましいうめき声をもらした。肉棒をくわえ込んだまま体を動かし、山根の顔をまたいだ。いわゆるシックスナインの体勢になる。

山根はごく自然に両手でふとももをかかえ込み、ベッドからわずかに頭を浮かした。自分が放出した精液の匂いがしたが、まったく気にならなかった。ぐしょ濡れの秘唇に、舌を這わせていく。

「うーん、うぐぐ、むぐぐぐ」

苦しそうにうめきつつ、静香は首の動きを速めた。

山根は手に力をこめた。爪が食い込むほど強く、静香のふとももを抱きしめる。

だが、彼の頭の中から奈津美の映像が消えることはなかった。静香には申しわけないと思いながらも、いま目の前にあるのが奈津美の秘部だというつもりで、舌をうごめかしていく。

奈津美さん、早く元気になってください。あなたのこと、もう欲しいなんて言いません。あなたが幸せになってくれたら、ぼくはそれで充分なんです。

山根の愛撫に熱がこもった。

ぶるっと全身を震わせた静香が、口から肉棒を解放して叫ぶ。

「ああっ、駄目よ、山根くん。あたし、いっちゃう」

切羽つまった声をあげながらも、静香は決して手を抜いてはいなかった。いままでくわえていた肉棒を、今度は右手で激しくしごきだしている。

「いくわ、山根くん。あたし、あたし、ああっ」

がくがくと上体を揺らして、静香が今夜三度目の絶頂に到達した。

ほとんど遅れることなく、山根も射精した。宙に舞いあがった白濁液が、ベッドの上に落下してくる。

しばらくすると静香は枕元からティッシュを取り、飛び散った精液を拭った。そのうえで、あらためて山根に抱きついてくる。

「ありがとう。とってもすてきだったわ」

「ぼくのほうこそ、ありがとうございました」

二人は唇を合わせた。濃厚に舌をからめ合う。

山根は射精のあとの気だるさに酔っていた。それでも彼の脳裏には、依然として奈津美の顔が浮かんでいた。

3

静香に見送られて出てくると、時刻は十時をすぎていた。ちょっと寄るだけのつもりが、二時間以上もすごしたことになる。

携帯電話を取り出してみると、村井から二件の着信が残っていた。メールも入っていて、すぐ連絡をよこせ、と書かれている。

まずいな。みんなが奈津美さんのことを心配して頑張ってるときに、ぼくだけが欲望におぼれていたなんて。

反省しつつ、山根は村井に電話した。

「山根です。すみません、遅くなって。どうですか、奈津美さん」

「まだ意識が戻らないんだ。病院にはモロが詰めてる」

憔悴《しょうすい》しきった諸岡の顔を、山根は思い出した。いろいろいい加減なところもある諸岡だが、やはり本気で奈津美を愛していたのだろう。山根は、ぼくも頑張らなくちゃ、という気分になる。

「さっき佐知子から電話があった。大学会館のホテルに泊まるそうだな」

「そうなんです。彼女が予約してくれていて」

「困ったことがあったら、なんでも佐知子に頼んでみろ。だいたいのことは聞いてくれるはずだ」

村井は自信たっぷりに言いきった。

佐知子の涙を見ているだけに、村井の態度が山根には少し不愉快でもあった。そんな思いを隠して本題に入る。

「そういえば、岸井教授たちは、学会で東京へ行ってるそうですね」

「ああ。俺もそれを聞いて、会いに行ってみたんだ。ひと足遅かったよ」

「どういうことですか。もうこっちへ帰っちゃったとか？」

「いや、警察だ」

「警察？」

「教授が奈津美ちゃんに仕事を頼んでたことがわかって、さっそく事情を聞いたらしい」

考えてみれば当然だった。村井の妻の沙絵子は、新都心署の警部なのだ。村井はそうは言っていないが、捜査担当者には沙絵子が事情を話したのかもしれない。

「奈津美さんがホテルで会う約束をしていた相手、やっぱり岸井教授だったんですか」

「詳しいことは、俺もまだ聞いてない。ただ、ゆうべは会ってないって、教授は主張したそうだ。学会のあと、打ちあげの宴会があったみたいだし、それは間違いないだろうな。研究室のメンバーが、みんな一緒にいたわけだから」

山根は少し落胆した。ここまで調べた中では、岸井が唯一の容疑者だったのだ。彼が犯人でないとすると、また一から出直しということになる。

「あと、佐知子がいろいろ思い出したことがあるそうなんだ。今夜中におまえに会いに行くかもしれないって言ってたけど、まだ会ってないのか？」

「すみません。ぼく、食事に出てしまったものですから」

佐知子と別れてから、すでに四時間近くがたっている。食事にしては時間がかかりすぎだが、村井はべつにその点を責めたりはしなかった。

「まあ細かいことはあしたでいいが、一応、俺がメモしたことは言っておくよ。おまえ、書くものはあるか」

「ちょっと待ってください」

山根は松栄荘の前にある公園に入った。夜になって人気《ひとけ》はなくなっているが、三機の照明がついていた。その一つの下にあるベンチに腰をおろし、手帳を取り出す。

「お待たせしました。どうぞ」

「岸井教授が佐知子に、弁護士を紹介してくれって言った話はしたよな。それで俺からモロを通して奈津美ちゃんが仕事を引き受けたわけだが、同じ時期に佐知子は教授から、新聞記事を調べてくれって言われたそうなんだ」

「新聞記事？」

「全部で三件あって、一番古いのは五年前。あとは四年前と去年が一件ずつだ。佐知子が調べられたのは去年の一件だけで、あとは俺のほうで調べてみた。全部、自殺だ」

「自殺？」

「ああ。四年前のやつは、地方紙にしか載ってなかったから苦労したよ」

「三件の自殺が、岸井教授が奈津美さんに頼んだ件と関係してくるんですか」

「まだわからん。ただ、死んだ三人はみんな教師で、T大の出身なんだ。何か匂ってくる感じがするだろう?」

そう言われても、山根には何がなんだかわからなかった。とはいえ、とっかかりのないいま、どんな情報でもありがたい。

「教えてください、村井さん。まず三人の名前から」

「おまえ、パソコンを持っていってるよな。大学会館のホテルはネットもつながるようになってるらしいから、詳しいことはメールで送ってやるよ。かいつまんで言うと、三人とも岸井教授の同級生だ」

「は? 同級生が三人も自殺してるってことですか」

これは少し異常だ、と山根も思わずにはいられなかった。

「二人は体育教師、もう一人は国語だ。体育教師のうちの一人は、教頭になったばかりだったらしい。教師としては出世街道を走っていたことになるな。新聞には教育上の悩みが原因とか書いてあったが、実際はどうだったかわからない。教頭にまでなるやつに、そんな悩みがあったのかどうか」

「自殺の原因、ほかの二人はどうなんですか」

「新聞の書き方は、教頭の男と似たようなもんだ。二人とも、教育現場の悩みを理由に挙げてる」

山根は首をかしげた。三件の自殺と奈津美が刺されたことがどうつながってくるのか、理解できないのだ。あるいはまったく無関係なのかもしれない。

「おまえのほうで、何かわかったことは？」

村井に問いかけられて、一つ重要なことがあるのを山根は思い出した。

「実は学生時代に借りてたアパートの大家さんのところへ行ってきたんですけど、岸井教授もかつてそこの住人だったそうなんです」

「ほう、すごい偶然だな」

「はい。それで、事件に関係があるかどうかはわかりませんけど、岸井教授、学生時代に選挙違反事件に引っかかったことがあるとかで」

「選挙違反？」

「県会議員の選挙で、学生たちの浮動票が狙われたらしいんです。三千円もらって、不在者投票に駆り出されたとか」

「ああ、その事件なら俺も知ってるよ」

「ほんとうですか？」

「いまから三十年くらい前の話だろう？　学校中が大騒ぎになったって、確か研究室の先生に聞いたんだ。そうか。岸井もからんでたのか、あの事件に」

突然、村井は岸井教授を呼び捨てにした。村井は岸井に対して、あまりいい感情を抱いていないのかもしれない。

「学生は全員が不起訴になったみたいですけど、岸井教授、しばらく死んだようになってたそうです。大学院の試験結果も、そのせいで発表が遅れたとかいう話でした」

松村に聞いたことを、山根はできるだけ整理して話した。だが、あまり熱は入らなかった。自分の中では、今回の件には関係ないだろうと判断していたからだ。

「ちょっと面白いかもしれないな、その話」

「そうですか。でも、いくらなんでも奈津美さんが刺されたことには関係ないでしょう。あまりにも昔のことだし、起訴もされてないわけですから」

「いや、そうとも言えないぞ。自殺した三人は岸井の同級生だったんだ。ってことは、その三人も選挙違反に関わっていたかもしれないじゃないか」

言われてみれば、確かにそのとおりだった。物事を関連づけて考えられない自分の甘さを、山根は反省した。

とはいえ、事件の構図はまったく見えてこなかった。三十年前の選挙違反が、いま問題になるとはとても思えない。

「ほかにないのか、わかったことは」

山根は考え込んだ。村井も必死になっていろいろ調べてくれているのだ。事件に関係ないと思えることでも、できるだけ報告しておかなくてはならない。

「あっ、そうだ。これはもう佐知子さんからお聞きになってるかもしれませんけど、岸井教授、学部長選に出る予定だったのに、あきらめたって話でした」

「聞いてないぞ、そんな話。理由はわからないのか？　岸井があきらめた理由は」

「関西の大学から来た別の教授が立候補することになったって話でしたけど、だからって岸井教授が撤退する必要はありませんよね。あの人はT大ひと筋なわけだし」

「うーん、何かありそうだな。奈津美ちゃんが元気になれば、そのあたりもちゃんと聞けるんだろうが」

山根の脳内スクリーンに、また奈津美の顔が浮かんできた。今度は満面に笑みを浮かべたところだった。

絶対にもう一度見てみたいな、奈津美さんのあの笑顔を。

いつの間にか、山根は歯を食いしばっていた。奈津美を刺した犯人に対して、あらためて怒りと憎しみが湧いてくる。

「まあ、あとはあしただ。とにかく、今夜はゆっくり休め」

村井の言葉に、山根はうなずいた。

「そっちの警察に引き止められない限り、あしたの午後には岸井教授たちも戻ってくるはずですから、ぶつかって話を聞いてみます」

「無理はするなよ。いざとなったら、俺たちがみんなで乗り込んでいってやるからな。モロは奈津美ちゃんについていてやりたいはずだから、無理だろうけど」

「頑張ります」

電話を切り、山根は大学会館に向かって歩きだした。いま村井と話したことを、頭の中で整理してみる。

三十年前の選挙違反と、五年前から去年にかけての三件の自殺か。いったいどう結びついてくるんだ？

首をかしげながら歩いていると、突然、目の前に人が現れた。テニスウエア姿で、自転車を引いている。

「さ、佐知子さん」

「もう、どこへ行ってたのよ、ジュンくん。きょうはナイトテニスの日だったんだけど、一馬と電話で話してるうちに思い出したことがあったから、テニスが終わってから話そうと思ってホテルを訪ねてみたのに」

「すみません。学生時代にいたアパートの大家さんのところへ行ってたんです」

「会えてよかったわ。もう一回、このへんをぐるっとまわって、いなかったら帰ろうと思ってたの」

大して明るくもない街灯の下だったが、山根は佐知子に見とれていた。超ミニのウエアから、白いふとももが剝き出しになっていたからだ。

「ちょっとだけ、話してもいい？」

「はい、もちろん」

話というのは、おそらくいま村井から聞いたことに違いない。そう言って断ってもよかったが、山根はそうはできなかった。佐知子のふとももに、すっかり魅せられてしまったからだ。

あーあ、三回も出してきたっていうのに、またこんな気持ちになるなんて。

自分の節操のなさに呆れながらも、たっぷりと量感をたたえた佐知子のふとももから、山根はなかなか目が離せなかった。

第五章　代　理

1

　佐知子に代わって自転車を引きながら、山根は彼女と並んで歩いた。

　どこへ行くのかも不明だったが、尋ねる気はなかった。こうしていると、佐知子のゴージャスな体を眺めることができるからだ。超ミニのテニスウエアの裾から露出したふともが、なんとも刺激的だ。

「一馬に電話はしたの？」

　いきなり問いかけられ、山根はハッと顔をあげた。

「はい。ついいまし方、ちょっとだけ話しました」

「そう。じゃあ、もう聞いちゃったわね、あたしが思い出したこと」

「ええ、一応は。三件の自殺のことですよね」

　佐知子はうなずいた。

岸井教授の同級生三人が自殺しているという事実を、村井は今回の事件に関係があると睨んでいるようだった。

言われてみれば確かに怪しいが、それが奈津美が刺されたことにどう関わってくるのか、山根にはまったく想像もつかなかった。

「一馬にも言ったけど、あの話をしたときの岸井先生、なんとなく変だったのよ。目が落ち着かないっていうか」

「佐知子さんが調べられたのは一件だってことでしたけど、それを報告したときはどうだったんですか、岸井教授の様子は」

「記事のコピーを渡しただけだから、よくは覚えてないんだけど、真剣な顔で読んでた気がするわ。何度も何度も」

「同級生の自殺は、教授にもショックだったのかもしれませんね」

「うーん、それはそうだけど、もうずいぶん時間がたってるものね。あたしが見つけた記事だって一年前のものだったし、いまさらって感じがしないでもなかったわ」

佐知子の言うとおりだ、と山根は思った。同級生の死には、その時点で気づいていた可能性が高いし、一年もたってから新聞記事を見直すという行動に、不審さは拭えない。

「あたしにわかるのは、この程度かな。あんまり参考にはならなかったわね」

「とんでもない。助かりました。どこから調べたらいいのかさえも、ぜんぜんわからずに来たんですから」

話しているうちに、二人は体育学部棟の近くまで来ていた。陸上競技場、サッカー場、テニスコートなどが並んでいるところだが、佐知子は迷うことなく、多目的フィールドと呼ばれているグラウンドに入った。

歩道に街灯がいくつかついている程度のため、いまはよく見えないが、一面が芝生のきれいなグラウンドだ。学生時代、体育のソフトボールの授業で、山根はここを使った覚えがある。

周囲はわりあい高い木に囲まれていて、そのうちの一本に、佐知子は背中から寄りかかるような格好になった。

山根は自転車をスタンドで固定した。佐知子の隣へ歩み寄る。

ウエアの裾から伸びた脚が、またまぶしく感じられた。この格好を目にしていると、彼女の学生時代を鮮やかに想像することができる。

「ごめんね、こんなところへ連れてきちゃって。ここ、ちょっと思い出の場所なの」

「思い出？」

「ふふっ、笑われちゃいそうだけど、よく一馬とここへ来たのよ。それも夜中にね」

二人の恋の思い出話など、べつに聞きたいとは思わなかったが、山根はいやな気分ではなかった。佐知子はどうやら本気で村井のことが好きだったらしいのだ。彼女を捨てたと思われる村井に、あらためて腹が立ってくる。

「付き合ってたんですね、村井さんと」

「そうね。少なくとも、あたしはそのつもりだったわ。一年生のとき、オリエンテーションが終わって最初の物理の授業で、偶然、隣の席になったのよ、一馬と。完全にひと目惚れね、あたしの」

くすっと笑い、佐知子はまた歩きだした。グラウンド内に入ると、小さなベンチが置かれていた。そこに二人は並んで腰をおろす。

「いまでもよく覚えてるわ。自己紹介し合ったとき、競馬新聞みたいな名前だろう、って言って、一馬が笑ったこと」

「あっ、そういえばそうですね」

山根は笑ったが、遠くを見ているような佐知子の目が気になった。楽しく昔に思いを馳せているという顔ではない。佐知子にとって、おそらく村井とのことは、つらい思い出なのだろう。

「無理に話さなくてもいいですよ、佐知子さん。村井さんのことなんか、早く忘れちゃったほうがいいし」

　山根が言うと、佐知子は顔をあげ、ぶるぶると首を横に振った。

「もしかして、誤解させちゃったかな？　あたし、べつに一馬を恨んでるわけじゃないのよ。いまでも彼のことは大好きだし」

「いまでも？」

「ああ、これも誤解されちゃいそうね。なんて言ったらいいのかな」

　両手を頬にあてがい、佐知子はしばらく考え込んだ。やがて、耳まで真っ赤に染めながら言う。

「聞いてもらえる？　一馬とあたしが、どんな付き合いをしてきたか」

「ええ、ぼくでよければ」

「ありがとう。やさしいのね、ジュンくんは」

　穏《おだ》やかな口調に戻って言い、佐知子はすっと脚を組んだ。

　照明のないところでも、裾から露出したふとももは、山根の目には輝いて見えた。股間も鋭く反応し、硬化した肉棒がズボンの生地を突きあげてくる。

「あたしね、すぐ一馬に付き合おうって言ったの。こっちが三つ年上だから、ちょっと抵抗はあったけど、とにかくひと目惚れしちゃったわけだから」

佐知子が話せば話すほど、山根の中で村井のイメージは悪くなっていった。佐知子には、まるで少女のような純粋さが感じられるのだ。いくら本人が恨んでいないとはいっても、彼女を捨てた村井を許す気にはなれない。

「一馬も悪い感触じゃなかったわ。同じ授業のときは必ず隣に座ったし、お昼も一緒に食べるようになったの」

「いいですね、ご飯を一緒に食べるのって」

「ほんとうに楽しかった。入学するのに苦労したから、神様があたしにご褒美をくれたんだと思ったわ。神様なんて信じてなかったのに、本気で感謝したもの。一馬に出会わせてくれて、ありがとうございましたって」

こんなすてきな人を捨てるなんて、とんでもない男だな、村井さんは。

心の中で、山根は村井を責め続けた。

「でもね、だんだん変だなって思うようになったの。二週間ぐらいたっても、一馬、ぜんぜんあたしを求めてこないんだもの。もっと言えばね、あの人とはとうとうセックスをしなかったのよ、あたし」

「えっ？　あっ、そ、そうだったんですか」

佐知子の美しい脚に魅せられてはいても、彼女から性的な話をされるとは思ってもいなかった。山根はたじろいでしまう。

「出会った当時、あたしは二十二になる直前。もちろん処女じゃなかったし、すぐにでも抱かれたいと思ってたわ。それなのに、あの人ったら」

「佐知子さんのこと、大切にしようと思ったんじゃありませんかね」

村井を責める気持ちに変わりはなかったが、山根はなんとなく彼をかばうようなことを言ってしまった。

佐知子は小さく首肯《しゅこう》した。

「それはあったでしょうね。いい加減なことはできないのよ、あの人。あたしのほうから迫ってキスまでして、いよいよ抱いてくれるのかなって思ったとき、真剣な顔で打ち明けてきたの」

「打ち明けた？」

「もう別れたんだけど、どうしても忘れられない人がいる。彼女のことが完全に吹っ切れるまで、きみを抱くわけにはいかない。一馬、そんなふうに言ったのよ」

沙絵子のことだと、山根にもすぐにわかった。

「ひと晩かけて話してくれたわ。彼女のことは小学生のときから意識し始めて、いずれは結婚しようって決めてたのに、あることをきっかけにして、どうしても高三のときに別れなくちゃいけなくなったんだって」

村井、沙絵子、風間の三人が幼馴染みで、中学からそこに諸岡が加わって四人が仲間になったことは、山根もよく知っている。

だが、村井と沙絵子がどういう付き合いをしてきたかについては、だれも話してくれなかった。山根には聞かせないほうがいいと判断して、風間や諸岡もあえて話さなかったのかもしれない。

「いいのかな、ぼくなんかが聞いちゃって」

「ぜひ聞いて。そうしないと、あたしと一馬のこと、わかってもらえないから」

佐知子にじっと見つめられ、気圧されるように山根はうなずいた。

「わかりました。聞かせてもらいます」

「あたしは会ったことがないんだけど、沙絵子さんって、とってもすてきな人なんですってね」

とうとう名前が出てきた。村井はそこまで佐知子に話していたことになる。

「確かにすてきです。ぼくもけっこうあこがれてたし」

外見が佐知子に似ているという話は、しないことにした。沙絵子の代わりにされたのだと思えば、佐知子もいい気持ちはしないだろう。

「一馬と沙絵子さん、二人の間ではね、暗黙の了解ができてたみたいなの。揃って志望の大学に合格するまで、セックスはしないって」

佐知子は脚を組み替えた。

何度見ても、とにかく美しい脚だった。山根の股間にはさらに血液が集まってきて、これ以上は無理というくらいに肉棒が硬くなっている。

「だけど、なかなか思いどおりにはいかないものよね。一馬のほうが、我慢できなくなっちゃったらしいの」

「別な人としちゃったんですか、村井さん」

佐知子はうなずいた。

なんだ、沙絵子さんのことも裏切ってたのか、村井さんは。

山根の中で、あらためて怒りが湧いてきた。

そんな山根の表情を読んだのか、佐知子が村井をかばうように言う。

「彼を責めるのは気の毒だと思うわよ」

「どうしてですか。ひどいじゃないですか、村井さん。大学に入れば沙絵子さんを抱けるって決まってたのに、その前にほかの人とセックスをしちゃうなんて」

「女性のほうが誘ったのよ」

「いや、それにしても」

「かなり強引だったんだと思うわ。そういう性格の女だし」

「えっ？　佐知子さん、知ってるんですか。村井さんの相手の女」

「有名な人だもの。あなたも名前ぐらいは絶対に知ってるわ。いまは国会議員をやってる人だから」

　国会議員と聞いて、山根はピンと来た。

「もしかして、高村早紀《たかむらさき》ですか」

「ああ、なんだ、聞いてたの？」

「彼女が村井さんの知り合いだってことは知ってました。でも、まさかあの人が村井さんと沙絵子さんの仲を引き裂いただなんて」

「そんなつもりはなかったはずよ、あの先生は。単純に一馬のことが気に入って声をかけた。一人の女として、気に入った男に抱かれた。たぶんそれだけよ」

「それだけって言われても」

「高村早紀はあれだけの美人だし、誘われた一馬だって悪い気はしなかったでしょう。それに、けっこう魅力的な体をしてるものね、彼女」

　最後のほうは皮肉に聞こえた。当然だろうが、佐知子も高村早紀にはいい感情を抱いていないらしい。

「一馬は遊びだったんだと思うわ。高校三年で受験勉強が大変な時期だっただろうし、彼女とセックスができるのはありがたかったはずよ。ストレスを発散できたでしょうしね」

「どうしてバレたんですか、沙絵子さんに」

「夢中になりすぎたんでしょう。当時、高村早紀はまだ大学院生で、一馬の家の近くのマンションに住んでたんですって。そんなところに通いつめれば、すぐ噂になるわ。沙絵子さんの家も近くだったらしいし」

ざまあ見ろ、と山根は胸底で叫んだ。

ぼくに沙絵子さんみたいな彼女がいたら、絶対に浮気なんかしない。たとえその彼女とセックスができなくても。

そう考えたとたん、山根の脳裏になぜか奈津美の顔が浮かんできた。同時に、憔悴しきった諸岡の顔も思い出す。

この事件がきっかけで、諸岡さんも浮気なんかしなくなるんじゃないかな。そうでなければ、奈津美さんがあまりにも気の毒だ。

「どうしたの、ジュンくん」

表情の変化に、佐知子は敏感なようだった。気づかわしげに声をかけてくる。

「い、いえ、べつに何も」

「ちょっと寒くなってきたわね。移動しない？」

「はあ、ぼくはかまいませんけど、どこかいいところがありますか」

「あるわよ。でも、その前に」

まったく唐突に、佐知子が抱きついてきた。

「佐知子さん、な、何を」

「いいのよ、ジュンくん。わかってるわ、あなたが硬くしちゃってること」

次の瞬間には、佐知子の右手が山根の股間にあてがわれていた。

勃起したペニスを、佐知子はズボンの上からやんわりと撫でつけてくる。

「だ、駄目ですよ。そんなことされたら、ぼく」

「思い出したいの、あのころのこと。お願い、ジュンくん。今夜だけ、一馬の代わりになってちょうだい」

「村井さんの、代わり？」

一応、問い返しはしたが、山根に拒否する理由はなかった。

佐知子は立ちあがった。山根の手を取って、先ほどの木のところへ戻っていく。

「ジュンくん、しゃがんでくれる？」

「はい」

言われたとおり、山根は佐知子の足もとにしゃがみ込んだ。暗い中とはいえ、目の前に佐知子の素足が迫ってきて、圧倒されるものを感じた。肉棒はいちだんと硬度を増す。

「さわって、ジュンくん。あたしの脚に」

「いいんですか、そんなことして」

「一馬はね、いつもこうやってさわってくれたの。あたしの前にひざまずいて、スカートの中に手を入れてね。お願い、ジュンくん。さわって」

一度、深呼吸をしてから、山根は両手を伸ばした。超ミニのウエアの下に露出した白いふとももに、思いきり抱きついてみる。

「ああ、佐知子さん」

充分に張りがあり、すばらしい手ざわりだった。ふとももの裏側を、山根は夢中になって撫でまわす。

「おんなじよ、ジュンくん。一馬のさわり方とまったく同じ。どう、気持ちいい？」

「最高です、佐知子さん」

静香のところで三回射精してきたことなど、山根はすっかり忘れていた。肉棒はいきり立ち、暴発寸前にまでなっている。

しばらくすると、佐知子の両手が山根の頭の上に置かれた。

「交代よ、ジュンくん。今度はあなたがここに立って」

ふとももに心を残しつつ、山根は立ちあがった。木に背中をもたせかける。

入れ替わりにしゃがみ込んだ佐知子は、迷うことなく山根のベルトをゆるめた。

「ちょ、ちょっと待ってください。村井さんと、セックスはしなかったんじゃないんですか？」

「ええ、してないわ。ほんとうのセックスはね」

「その手前くらいまでは、してたってことですか」

「一馬の欲望だけは、いつもあたしが鎮めてあげてたの。一馬は遠慮してたけど、そうしておかないと、遊びでほかの女を抱いちゃうかもしれないでしょう？　そんなの絶対にいやだったもの」

ズボンとブリーフを、佐知子は手際よく引きおろした。屹立したペニスが、佐知子に裏側を見せた状態であらわになる。

「ああ、これも同じよ。あたしの脚にさわったあと、一馬のオチンチン、いつもこんなふうになってたわ」

言い終わるか終わらないかというちに、佐知子は右手で肉棒を握った。先端を自分のほうへ向け直し、すっぽりと口に含んでしまう。

「ああ、さ、佐知子さん」

佐知子はすぐに首を振りだした。

強烈な口唇愛撫だった。空いた左手を山根のお尻にまわし、爪を立ててくすぐるように撫でつけてくる。

いいんだろうか？　ぼくだけがこんなに気持ちよくなってしまって。

山根の胸にそんな思いが湧いてきたが、どうすることもできなかった。鼻から悩ましいうめき声をもらしながら、佐知子は首振りのスピードをあげていく。

「佐知子さん、ぼく、もう、ああっ」

口腔内に侵入してから一分ともたずに、山根は射精した。びくん、びくんと震える肉棒の先端から、熱い欲望のエキスが噴出する。

佐知子に動じた様子はまったくなかった。首の動きを止め、目を閉じて、じっと精液のほとばしりを受け止めている。

脈動が終わっても、佐知子はなかなか口を放さなかった。村井との思い出にひたっていたのかもしれない。

数分が経過してから、ようやく佐知子はペニスを解放した。ごくりと音をたてて、口腔内に残った白濁液を飲みくだす。

「すみません、佐知子さん。こんなにあっという間に」

「いいのよ。あたしの脚にさわって、興奮してくれたってことなんでしょう？　すごくうれしいわ」

佐知子は立ちあがった。

ブリーフとズボンを引きあげながら、山根は佐知子から目を離すことができなかった。白いふとももを見ていると、また欲望がこみあげてくる。

「もうしばらく付き合ってくれる？」

「はい、もちろん」

「暖房は入ってないかもしれないけど、ここよりは暖かいところへ行きましょう」

ちらちらとふとももに目をやりながら、山根はふたたび自転車を引き、佐知子のあとに従った。

2

佐知子に連れていかれたのは、芸術学部棟の並びに作られた、サークル会館と呼ばれる四階建ての建物だった。文化系サークルの部室があるところだが、山根は学生時代にサークル活動をしていなかったため、ここに入ったことはない。

時刻は十一時近かったが、まだ明かりが灯《とも》っていた。音楽系のサークルが練習しているらしく、ギターやドラムの音などが聞こえてくる。

佐知子は迷わず階段をのぼった。

後ろからついていく山根の目に、また刺激的な光景が飛び込んできた。テニスウエアの下が、すっかり丸見えになったのだ。白い布切れに包まれた豊かな双臀が、手を伸ばせば届くところにある。

いいお尻だ。ふとももへのラインがたまらない。

山根は憧憬の視線を送らざるを得なかった。

階段はすぐに尽きてしまったが、山根の股間は緊急事態を迎えていた。先ほどの射精から十分とはたっていないが、ペニスはすでに隆々とそそり立っている。

「ここよ、ジュンくん。入って」

佐知子がドアを開けたのは、二階にある茶道部の部室だった。床に六畳分の畳が敷かれていて、棚にはさまざまな茶道具が並んでいる。

明かりをつけると、佐知子は靴を脱いでさっさと畳の上にあがり、横座りになった。ウエアの裾が乱れて、ふとももがいっそうあらわになる。

「あなたも座って」

「あっ、はい」

佐知子と向かい合う格好で、山根はあぐらをかいた。

「ここも一馬とのデートコースに入ってたの。夜はすごく静かで、絶対に人がいないし、ゆっくり話ができるから」

ドアを閉めてしまうと、びっくりするほど静かになった。廊下では響いていたギターの音も、わずかに聞こえてくる程度だ。

「わかってほしいのはね、あたしも一馬も一生懸命だったたってことなの」

いきなりの話に、山根は面食らった。だが、すぐに反論する。

「佐知子さんが一生懸命だったのはわかります。でも、村井さんはどうだったんでしょうか。結局は別れたわけでしょう？」

「そのとおりだけど、一馬は一馬なりに、あたしを好きになるように頑張ってくれてたんだと思うわ。ううん、好きにはなってくれてたのよ。沙絵子さんを忘れるための努力をしてたって言うべきかな」

佐知子はあくまで村井をかばいたいようだった。

「努力しなければ忘れられないくらい好きだった人と、どうして別れたんですかね、村井さんは」

「だから、さっき話したじゃないの。自分で約束を破ったわけだから、身を退《ひ》いたのよ、一馬は。沙絵子さんのほうはだいぶ怒っちゃって、大変だったらしいけどね。風間さんとかいうお友だちもからんできたみたいで」

聞き慣れた名前が出てきて、山根はぎくりとした。

「リュウさんが、いえ、風間さんが、どうからんできたんですか」

「詳しくは知らないわ。でも、一馬がしょっちゅう言ってたの。沙絵子さんが風間さんと付き合ってくれれば、たぶん自分はすんなりあきらめられるって。別れた女なのに、風間さん以外の男とは付き合わせたくなかったみたい」

山根は諸岡の言葉を思い出した。

リュウと一馬、沙絵子はどっちと一緒になってもおかしくない。

諸岡はそう言っていたのだ。三人は幼馴染みで、そのくらい仲良くしてきたということなのだろう。

「結局、沙絵子さんをあきらめられなかったわけですよね、村井さんは」

佐知子はゆっくりとうなずいた。

その寂しげな表情に、山根は同情した。自分にそんな資格がないのはわかっていても、なんとなく守ってやりたくなる。

「おかげで四年間、あたしは処女よ」

「ほんとにしなかったんですね、セックスは」

「そうよ。あたしは平気だったけど、一馬がよく我慢できたものだと思うわ」

「佐知子さんに口でしてもらってたんでしょう？　それならセックスぐらい我慢できますよ。最高でしたもん、佐知子さんのフェラチオ」

「ふふっ、ありがとう。実はフェラだけじゃなくて、もう一つ、していたことがあるんだけどね」

気を持たせるように言い、佐知子はくすっと笑った。

「今夜ね、思い出したことがあって話さなくちゃいけないって考えたのは事実だけど、あたし、どうしてもあなたに会いたくなったの」

「ぼくに？」

「ジュンくん、イメージがちょっと似てるのよ。初めて会ったころの一馬とね」

山根にも、少しだけ納得できる部分があった。性格はともかくとして、村井とは体形がよく似ているのだ。

「あなたと別れてうちに帰ったとき、今夜はジュンくんと、一馬の思い出にひたろうって決めたの。一馬の身代わりにされるあなたには、迷惑な話でしょうけど」

「迷惑だなんて、とんでもないです。こんなにいい思いをさせてもらってるんですから」

「そう言ってもらえると、あたしもうれしいわ。ここへ来たのはね、いま話したもう一つのことを、してみたいと思ったからなの」

佐知子は持ってきたスポーツバッグの中から、化粧道具が入れられた袋を取り出した。そこから小さな瓶をつまみあげ、山根に渡してくる。

「なんですか、これ」

「乳液よ。それを使ってするのよ、もう一つのことは。どう？　あたしと試してみる気、ない？」

何をするのかは不明だったが、山根は好奇心を刺激された。

「ぜひやらせてください。ぼくにできることなら」

「もちろんできるわ。一馬とはね、ももずりって名前で呼んでたの」

「ももずり？」

聞き慣れない言葉に首をかしげる山根に、佐知子はくすっと笑ってみせた。

座布団を二枚、佐知子は畳の上に並べた。そこにあお向けに横たわる。

白いウエアがずりあがって、中が丸見えになった。

よく見ると、下にはいていたのは、絶対にアンダースコートではなかった。色は白の目立たないものだが、前面にはたっぷりレースが施されていた。生地は薄めで、ヘアの翳りが浮き出ている。これは間違いなくパンティーだ。

「塗るのよ、ジュンくん。乳液を、あたしのふとももに塗りつけて」

「ふとももに?」

「すべりやすくするの。ふとももの間に、あなたのオチンチンを入れてもらうんだから」

「ぼくのを、佐知子さんの、ふ、ふとももの間に?」

山根の声が裏返った。一瞬のうちに興奮してしまったのだ。

「ぱいずりって、聞いたことない?」

「あっ、あります。おっぱいの間に挟むんですよね。硬くなったあれを」

「そのとおり。それをね、ふとももでやるのよ。ふとももですりすりするから、ももずりって名前をつけたの。二人でね」

「なるほど、そういうことですか」

感心するのと同時に、山根はいちだんと欲情してきた。

佐知子は両脚を宙にはねあげた。膝の裏側に両手をあてがい、お尻とふとももを山根のほうに突き出してくる。

「塗ってちょうだい、ジュンくん。たっぷりね」

生唾を飲み込み、山根は渡された小瓶の蓋を開けた。中の白い液体を手に垂らすと、ひんやりとした感触が伝わってきた。

「ちょっと冷たいかもしれませんよ」

「大丈夫、心配いらないわ」

山根を急かすように、佐知子は腰のあたりをくねくねと揺らした。

あらためて見つめると、佐知子のふとももはボリュームたっぷりだった。こうして眺めているだけでも、頭がくらくらしてくる。

左右のふとももが合わさったあたりに、山根は右手に取った乳液をなすりつけた。

佐知子がびくんと体を震わせる。

「やっぱり冷たいんじゃありませんか」

「平気よ。確かに冷たいけど、それも刺激的だわ。もっとよ、ジュンくん。もっとたっぷり塗りつけて」

何度か瓶を振り、かなり大量の乳液を、山根は佐知子のふとももに塗りつけた。一部はパンティーにもついてしまったが、佐知子が気にする様子はない。

「そのぐらいでいいわ。脱ぐのよ、ジュンくん。下だけ裸になって」

山根は立ちあがり、ベルトをゆるめた。ズボンとブリーフ、それに靴下まで脱いで、下半身裸になる。

「ここにしゃがむのよ。オチンチンをふとももに押しつける感じで」

佐知子の指示に従って、山根は膝立ちの姿勢を取った。

はねあげていた両脚を、佐知子は山根の右肩の上におろした。左右の足首が、山根の肩の上で並んでいることになる。

ごく自然に、山根は佐知子のふとももを抱きしめた。その感触に、陶然となる。

佐知子の右手が伸びてきて、肉棒をしっかりと握った。手前に引こうとする。

引きに合わせ、山根は膝立ちのまま、じりじりと前に進んだ。やがて亀頭の先が佐知子のふとももに触れた。

二人は同時に体を震わせる。

「ここよ、ジュンくん。入ってきて。あたしのふとももの間に」

山根はぐいっと腰を進めた。

抵抗らしい抵抗もなく、肉棒はするっと佐知子のふとももの間にもぐり込んだ。締めつけてくる感覚はまったくない。

だが、快感は強烈だった。左右のふとももが、やんわりとペニスを包み込んでいるだけなのだが、それが信じられないほど心地よいのだ。

「す、すごいですね、佐知子さん。こんなに感じるとは思いませんでした」

「でしょう？　一馬もすごく気持ちがいいって言ってたわ。いいのよ、ジュンくん。動いて。普通のセックスと同じように動けばいいの」

ふとももを抱く手に力をこめ、山根はゆっくりと腰を使いだした。

相変わらず締めつけは感じなかったが、ペニスがふとももの間を往復するだけで、すさまじいまでの快感を覚えた。早くも射精感が押し寄せてくる。

「ああ、見えるわ、ジュンくん。あなたのオチンチンが、こっちに顔を出してる」

かすれかけた声で言ったかと思うと、佐知子はそれまで肉棒を支えていた右手を引っ込め、ウエアを大きくまくりあげた。その手をお腹のほうからパンティーの中にもぐり込ませ、指を妖しくうごめかし始める。

佐知子は指先で、クリトリスをいじっているようだった。目を閉じた顔に、うっとりとした表情が浮かぶ。

「いいわ。とってもいい。ああ、感じるわ、ジュンくん」

左右に首を打ち振って、佐知子はうめき声をもらした。

その声のセクシーさにも、山根は性感を刺激された。これ以上、我慢はできそうもなかった。いましめを解き放ち、腰の動きを速めていく。

「ああっ、す、すごいわ、ジュンくん。あたし、おかしくなっちゃう」

「ぼくもですよ、佐知子さん。で、出ちゃいそうだ」

「いいのよ、ジュンくん。出して。あたしのふとももに、白いのを出して」

山根はさらに動きを加速した。乳液を媒体にして、ペニスがふとももにこすられるぴちゃぴちゃという音と、佐知子が指先で肉芽をなぶる、くちゅくちゅという音が、淫猥なハーモニーを奏でている。

「駄目だ。ぼく、出ちゃう」

「いくわ。あたしもいっちゃう。ああっ、か、一馬」

ペニスが大きく脈動し、欲望のエキスが猛然と噴出してきた。ふとももを突き抜け、第一弾は佐知子の顔のあたりまで飛んだ。第二、第三弾は、佐知子のテニスウエアやパンティーを濡らしていく。

佐知子が最後に村井の名前を呼んだことに、山根はもちろん気づいていた。べつに腹は立たなかった。こうして村井の代わりができたことに、むしろ満足感を覚えた。

山根の肩から、佐知子の両脚が落下した。

当然、ペニスはするっとふとももの間から抜け落ちた。

佐知子に添い寝する形で横たわり、山根は彼女の顔をのぞき込んだ。絶頂を迎えたときの苦悶の表情は消え、穏やかな顔つきになっている。

だが、その目尻からひと筋の涙が流れていることに、山根は気づいた。快感に包まれながらも村井のことを思い出し、佐知子はつらい気分になったのだろう。

佐知子さん、ほんとうに村井さんを愛してたんだな。でも、きっと彼女も幸せだったんだ。こうやって、村井さんとももずりをしながら、二人で幸せを分かち合っていたんだろう。

そんなことを思いつつ、山根は右手を出し、頬に流れた涙を拭ってやった。

3

翌日、山根は十二時ちょうどに佐知子と待ち合わせ、前の日にお茶を飲んだカフェテリアで一緒に昼食をとった。

これからいよいよ岸井教授に会わせてもらうことになっているのだ。

きょうも佐知子はミニスカートをはいていた。淡いベージュのストッキングに包まれたふとももを、惜しげもなくさらしている。

「ゆうべはとっても楽しかったわ、ジュンくん。ありがとう、付き合ってくれて」

「お礼を言うのはぼくのほうです。ありがとうございました」

小さく首を横に振り、佐知子はにっこり笑った。

すがすがしい笑顔だった。見ているだけで、山根は元気を与えられる。

「あなたのこと、岸井先生にはお話ししておいたわ。一時から十分だけ、会ってくださるそうよ」

「十分？　ずいぶん短いですね」

「よくわからないけど、すごく不機嫌なのよ。きのうは警察で、いろいろうるさく聞かれたみたいで」

不機嫌になる気持ちは、わからないでもなかった。山根も無理やり新都心署に連れていかれ、兼松という刑事の取り調べを受けたのだ。犯罪者扱いされた屈辱《くつじょく》は、忘れられるものではない。

「研究室のほかの人たちも、紹介してもらえますか」

「もちろん。一応、みんなに話しておいたわ。岩瀬さんって弁護士さんと、面識のある人もいるみたいだから」

「だれですか、岩瀬と知り合いだった人って」

山根は初耳だった。奈津美がT大へ通っていたのは、岸井教授に会うためだったとばかり思っていたのだ。

「助手の関《せき》さんと新島《にいじま》さん、これは二人とも女性よ。あと講師の新井《あらい》先生、それに准教授の玉置《たまき》先生。みんな岩瀬さんのことは覚えてたわ」

佐知子が言った名前を、山根はノートにメモした。とにかく今回の調査は資料不足だ。どんな小さな手がかりにでも、しがみつかなくてはならない。

「おお、サッちゃん、ここだったのか」

突然、上から声が降ってきた。

「あら、菊池先生。こんなところでお食事をなさるんですか」

「普段は女房の弁当なんだがね、きょうはちょっと早くから出かけてしまって。隣、座らせてもらってもいいかね？」

「はい、どうぞ」

きょとんとしている山根に、佐知子がハッとしたように声をかけた。

「ジュンくん、紹介しておくわ。この春から理論物理学の教授としてこちらに見えた、菊池裕久《ひろひさ》先生よ」

「あっ、これはどうも。私、こういう者です」

山根は立ちあがり、名刺を差し出した。

ランチトレーをテーブルにおろし、菊池は名刺をじっと見つめた。

「法律事務所の調査員か。ってことは、弁護士の卵なのかな？」

「はい。なかなか司法試験に受かりませんで」

「いやあ、難しい試験だから大変だよね。ぜひ頑張ってほしいな」

人懐っこそうな笑顔を見て、山根は少し安心しながら腰をおろした。

菊池は佐知子の隣に座り、定食に手をつけ始める。

「山根さん、うちの卒業生なんですよ、先生」

「ほう、そうなのか。で、どんな調査でお見えになったのかな？」

少し迷ったが、山根は正直に話してみることにした。事件に関わっているとは思えないが、少なくとも菊池は、岸井が学部長選挙をあきらめる原因になった男なのだ。話を聞いておいて損はないだろう。

「実は、うちに所属している弁護士が、東京のホテルで刺されてしまいまして」

奈津美が岸井の依頼を受けていたらしいことから、彼女が刺されるまでを、山根はかいつまんで説明した。

菊池は箸を動かしながら、しっかりと聞いてくれた。

「なるほど、その件で騒いでたんだな、今朝は」

「もう噂になってます？」

佐知子が問いかけると、菊池は難しい顔をしてうなずいた。

「岸井先生が、警察で事情を聞かれたってことだけだがね。噂話は尾ひれがつくから怖いんだ。しっかり止めておかないと」

「すみません、先生。このこととはまったく関係ないと思うんですが、ちょっとおうかがいしてもよろしいですか」

少し緊張しながら、山根は切り出した。

「ぜんぜんかまわんよ。なんだね？」

「学部長選挙のことです。岸井先生が立候補を取りやめたというふうにうかがったんですが、そのへんの事情を何かご存じでしょうか」

「ああ、そのことか。うん、まあ、聞いてはいるよ。ぼくとしては正々堂々、闘うつもりでいたんだがね」

山根は身を乗り出した。菊池は、どうやら岸井が学部長選挙を断念した理由を知っているようなのだ。

「差し支《つか》えなかったら、教えていただけますか」

「ぼくから見たら、辞退するほどの事情でもないんだが、彼は、過去に選挙違反にからんだことがあるって話なんだ。そんな人間が学部長になるわけにはいかないと、そんなふうに言ってるんだな、彼は」

ああ、やっぱり。

一応、納得はしながらも、山根の心にはまだ疑問が渦巻《うず》いていた。三十年以上も前の選挙違反事件が、いま果たして問題になるものなのだろうか、という思いがまずある。しかも、岸井は起訴もされていないのだ。

その点を尋ねると、菊池も同感だということだった。

「三千円で一票を売ったなんてことは、もちろん恥ずべき行為だが、まだ学生だったわけだからね、岸井先生も。若気の至りで済むことなんじゃないのかな。だからこそ、検察も不起訴にしたんだろうし」

「ほんとうにそれだけなんでしょうか。岸井先生が学部長をあきらめた理由は」

「本人がそう言ってるんだから、信じるしかないだろうね。そんなものは気にしないで出なさいよ、なんて言えるほど、ぼくもお人好しじゃないし」

少しおどけたような口調で、菊池は言った。

これ以上、菊池から聞き出せることはなさそうだった。山根は深々と頭をさげた。

それを待っていたかのように、菊池は佐知子に話しかける。

「サッちゃん、考えてみてくれたかい？」

「は？　ああ、あの話ですか。まだちょっと決断が」

「頼むよ、サッちゃん。きみみたいな理科系出身の事務員がいてくれると、すごく助かるんだ。岸井先生の承諾《しょうだく》はもう取ってあるからさ」

あとで聞いたことだが、菊池は佐知子に、自分の研究室に来てほしいと頼んでいたのだという。事務員の配属は、教授クラスになると、けっこう自由になるらしい。

「まあ、焦ることはない。じっくり考えてくれよ。でも、きみにとってもいい話なんじゃないかな。岸井先生は、四月から東京の私大に移るらしいし」

「えっ？」

佐知子と山根は、同時に叫んでいた。

第六章　教唆《きようさ》

1

佐知子に案内されて教授室に続く廊下まで来たとき、山根は思わず声をあげそうになった。ドアが開いて、見たことのある顔が現れたからだ。

「おやおや、また珍しいところで珍しい人にお会いするものですなあ」

立ち止まり、皮肉たっぷりの口調で言ったのは、新都心署の兼松刑事だった。あとから出てきた戸田が、軽く頭をさげてくる。

「山根さん、岸井先生に何かご用事なのかな？」

「答える必要はありませんね。こちらも仕事ですから」

自分でもびっくりするほどはっきりとした口調で、山根は返事をしていた。

兼松は苦笑いを浮かべる。

「まあ、あなたが何をしようと勝手だが、立場を考えてくださいよ。私はまだあなたへの疑いを解いたわけではないんですからね。行くぞ、戸田」

そう言って兼松は歩き去ってしまったが、戸田は残った。すまなそうに言う。

「ほんとうに申しわけない。山根さんが犯人じゃないことは、兼松さんだって、わかってるはずなんですけどね」

「いいんですよ。それより、戸田さんたちも岸井教授に話を聞かれたんですか」

「ええ。岸井さんが岩瀬弁護士に仕事を頼んでいたということ以外、ほとんど手がかりがありませんのでね」

「で、どうでした？　教授の反応は」

「怒鳴《どな》られましたよ。きのうもきちんと協力してやったのに、これ以上、つきまとわないでくれって」

「警察は教授を疑ってるんですか」

「うーん、それはなんとも言えませんね。まだ手探りの状態です。岸井さんの前には、研究室の皆さんにも話を聞かせてもらったんですけど、これといった進展はなくて」

沙絵子と一緒のときに感じたとおり、戸田は間違いなく好青年だった。こうやって話している限り、警察官という感じはしない。

「そういえば戸田さん、リュウさんと仲がいいんですって？」

村井からちらりと聞いた話を、山根は出してみた。

「仲がいいって言うより、ぼくが勝手にリュウさんの舎弟《しやてい》を気取ってるんですよ」

「舎弟？」

「警官がヤクザみたいでおかしいですかね。でも、ほんとにそんな気分なんです。ポン引きなんかやってたけど、リュウさんは魅力的な人ですから」

山根はうなずいた。そのとおりだと思った。考えてみれば、自分もずっと風間の弟分のような気でいたのだ。山根は戸田に不思議な親近感を覚えた。

「失礼ですけど、戸田さん、おいくつですか」

「苦労が身についてないんで若く見られるけど、もう三十一ですよ」

確かに戸田は若く見えた。年上だとは思っていたが、まだ二十七、八だろうと山根は踏んでいた。

「丁寧語はやめてもらえませんか。ぼく、五つも年下なんですから」

「う、うん、それはかまわないけど」

「お願いします。リュウさんの店で会うこともあるだろうし、ぼくのこと、ジュンって呼んでもらえるとうれしいですね」

「なんか照れちゃうな。でも、せっかくだからそうさせてもらうよ。捜査情報とかを、もらすわけにはいかないけどね、ジュン」

にっこり笑った戸田だったが、すぐに表情を引き締めた。

「きみがこっちへ来てることは、村井警部から聞いてたんだ。岩瀬弁護士の事件、きみたちはきみたちで調べてるんだろう？」

「はい。奈津美さんには、ぼくもけっこう世話になってたんで、早く犯人を捕まえてもらいたいと思って」

「悪いね、なかなか解決できなくて。警察も努力はしてるんだけど」

頭をかきながら笑ったあと、戸田はまた真剣な顔つきに戻った。

「こっちが情報をもらせないって言ったあとで恐縮だけど、きみのほうは何かわかったのかい？」

山根は戸田に対して、隠し事をするつもりはまったくなかった。重要なのは、一刻も早く真相を突き止めることなのだ。出し惜しみをする必要はない。

「岸井教授が学部長選をあきらめたって話は聞きましたか」

「いや、初耳だ。彼、選挙に出る予定だったの？」

「ええ。でも、急に取りやめたらしいんです。その理由っていうのが、三十年以上も前の選挙違反だっていうんですよ」

「そのころ県議選があって、学生が買収されたらしいんです。岸井教授も引っかかっちゃったそうで。そんな経歴のある人間が学部長になるわけにはいかないってことで、辞退したらしいんですよ」

「選挙違反？」

　戸田は首をかしげた。

「三十年も前のことなんて、問題にする人がいるのかな」

「そこがぼくにもわからないんです。結果的には不起訴だったし、若気の至りで済むことなんじゃないかって、ライバルだった別の教授も言っているくらいで」

　山根はまだまだ話していたかったが、横から佐知子にせっつかれた。岸井教授と約束をしているのだ。遅刻するわけにはいかない。

「戸田さん、すぐ東京へ戻るんですか」

「お土産なしでは帰れないよ。あしたぐらいまで、こっちにいるんじゃないかな」

「そうですか。一応、携帯の番号、教えてもらえますか」

　うなずいた戸田と、山根は電話番号を教え合った。

「今度はリュウさんの店で会いましょうよ」

「ああ、そうだね。楽しみにしてるよ」

軽く手をあげ、兼松を追いかけるように走りだした戸田を見送り、山根は教授室に向かった。

佐知子がノックして、山根一人が入室した。

兼松にきつい質問でも浴びせられたのか、岸井は見るからに不機嫌そうだった。応接セットのソファーに座ってはいるが、顔面がまだ紅潮したままだ。

「お忙しいところを申しわけありません。私、山根と申します」

山根が出した名刺を受け取り、岸井はソファーを勧めた。

「気の毒なことをしたな、岩瀬さんは」

「はい。そのことで、先生に少しお話をうかがえたらと思いまして」

「うーん、そう言われてもな。彼女が刺されたことは、私とはなんの関係もないんだ。ゆうべ警察でしつこく聞かれたうえに、ついいましがたも警官が来てたんだ。まったく迷惑な話だ」

山根は松栄荘のことを話のきっかけにしようと思っていたのだが、とてもそんな雰囲気ではなかった。こうなったら、ストレートに用件を切り出すしかない。

「教えてください、先生。うちの岩瀬に、どんな仕事をお頼みになってたんですか」

岸井は少しだけ考え込むような顔をしたが、すぐに深いため息をついた。

「悪いがプライベートなことなんでね。部外者のきみに話すわけにはいかんのだ」

「そこをなんとかお願いします。私にとっても、岩瀬は大切な人間です。一刻も早く犯人を捕まえたいんですよ」

「気持ちはわかるが、無理だよ、山根くん。まあ、警察にはある程度、話したがね。向こうもさすがに私に対する疑いは解いたんじゃないかな」

取りつく島がないという感じだった。だが、このままここを出たのでは、なんのためにやってきたのかわからなくなる。

「先生、学部長選に出るのをおやめになったそうですね」

「なんだ、そんなことまで知ってるのか」

「三十年以上も前の選挙違反が原因だってうかがいましたが、ほんとうなんでしょうか」

岸井はこれまで以上に不愉快そうな顔になった。それでも黙ったりはせず、苦々しい表情を浮かべて言う。

「いろいろ考えてはみたんだ。昔のことだし、起訴されたわけでもないしな。でも、やっぱりまずいだろうって結論に達したんだ。ルール破りをした人間が、学部長なんかになるのはな」

「先生のお考えは立派だと思います。最近は教育者の中にも、いい加減な人が多いですから。教員試験がらみの汚職なんて、ぼくは信じられない思いで見てました」

少しだけ岸井の表情がゆるんだ。これが最後のチャンスかもしれない、と山根は思った。テーブルの上に身を乗り出す。

「一つだけ教えてください、岸井先生。先生の同級生が三人、自殺をなさってることはご存じですよね」

「えっ？　あ、ああ」

「そのことと、今回、先生が岩瀬に頼んだこととは、何か関係があるんでしょうか」

岸井はまた考え込んだ。しかし、すぐに小さく首を横に振った。

「申しわけないが、これ以上は話せんよ。関係がないとは言わないが、これもプライベートな問題なんでね」

「いや、しかし」

「話は終わりだ。岩瀬さんには世話になったし、早く快復してもらいたいと願ってはいるが、私にできることは何もない。悪いが帰ってくれ」

これ以上、話が聞ける雰囲気ではなかった。山根は頭をさげて立ちあがった。

廊下に出てくると、佐知子が待ち受けていた。

「研究室のみんなにも、会っていくでしょう？」

「はい、できれば」

「准教授の玉置先生のお部屋に集まってもらってるわ。先生は面倒見がよくて、すごく人気があるのよ」

岸井からはまともな話を聞けなかったが、てきぱきと手はずを整えてくれる佐知子に、山根は頭のさがる思いだった。と同時に、新たな欲望を覚えた。ミニスカートの裾からは、相変わらず魅惑的なふとももが露出しているのだ。

すごかったな、ももずり。

佐知子のふとももの間に射精した感覚が、はっきりとよみがえってきた。ズボンの前が、いっぺんに窮屈になる。

駄目だ、駄目だ。まずは仕事に集中しないと。

山根は自分を戒めた。

佐知子に案内された部屋では、四人が待っていてくれた。准教授の玉置耕作《こうさく》、講師の新井康浩《やすひろ》、それに助手の関加奈子《かなこ》と新島沙織《さおり》だ。

「狭いところで申しわけない。一応、みんな集めておいたので」

笑顔で迎えてくれたのは准教授の玉置だった。年齢は三十二歳。この歳で准教授なら、出世は早いほうに違いない、と山根は思った。

「片桐恭三法律事務所の山根です。お忙しいところをすみません。一昨夜、うちの弁護士の岩瀬奈津美が刺されるという事件が起きまして、その件で調査中なんです。皆さんには直接、関係はないかもしれないんですが、岸井教授が岩瀬に何か仕事を頼んでいたことがわかったものですから、お話をうかがえないかと思いまして」

山根が概略を説明すると、まずは全員が自己紹介をしてくれた。

講師の新井康浩は二十八歳。別の大学院の博士課程を終えて、T大の講師になった男だった。山根の目には、やや神経質そうなタイプに見えた。

関加奈子は三十四歳。T大の大学院を経て助手となり、結婚して研究室を離れたものの、子育てが一段落したところで戻ってきたのだという。とにかく人のよさそうな女性だった。決して美人ではないが、終始にこにこしている。

新島沙織は二十五歳。彼女もT大の大学院の出身で、修士号を取ったところで助手になったらしい。

まず山根が驚かされたのは、沙織の美しさだった。切れ長の目が印象的で、モデルを思わせる美貌《びぼう》だった。少し細すぎる点が山根の好みとは合わないものの、白衣の裾から伸びた脚は、なんともセクシーだ。

「で、どんなことを話せばいいのかな？」

沙織の脚に見とれていた山根は、玉置の声でハッと顔をあげた。

「あ、あの、皆さん、岩瀬と面識がおありだそうですが、どんな話をしたのか、聞かせていただけませんか」

代表するような感じで、まず玉置が口を開いた。

「ぼくは大した話はしてないんだ。一度、彼女が訪ねてきた折に、教授が急な会議に出ていたことがあってね。そのとき、ここで待ってもらったんだ。ぼくも講義がない時間で、ちょうど話し相手が欲しかったから」

「岸井教授から相談されている内容とか、話してませんでしたか」

「いや、さすがにそれはなかったよ。ぼくのほうも、そういうことを聞いちゃ悪いって気がしていたからね。どうもきみの役には立てそうもないな。関さんはどうだい？」

玉置に指名された関加奈子は、小さく首をかしげた。

「あたしは二度くらいお会いしたけど、ごく普通の世間話だったわね。岩瀬さんって、すごくきれいな人だったじゃない？　だから、どんな化粧品を使ってるのかとか、そんな話をした覚えがあるわ」

「あたしも同じようなものです。弁護士になるのに、ずいぶん勉強したんでしょうねって言ったら、好きなことだから苦労はなかったわって、あっさり返されちゃって」

加奈子に続いて、沙織が言った。

沙織の唇の動きを見ているだけでも山根は興奮したが、なんとか自分を抑えた。奈津美を刺した犯人につながる手がかりを、なんとしてもつかまなければならない。

「ちょっといいかな？」

手をあげたのは講師の新井だった。

「どうぞ」

「俺は最初に彼女がここへ来たとき、学校の中を案内したんだ。岸井先生が講義中だったんでね。そのとき、けっこういろんなことを聞かれたよ」

「できるだけ詳しく話してもらえませんか」

「そうだなあ、最初は選挙違反のことだったな」

「ああ、三十年以上も前に、岸井先生が関わったやつですね」

新井はうなずいた。ほかのメンバーも、特に驚いた様子は見せなかった。この件については、みんな前から知っていたらしい。

「岩瀬はどんなことをお尋ねしたんですか」

「岸井先生が選挙違反のことを気にしていたかどうか、ってことだね」

「実際はどうだったんでしょう。岸井教授は気になさっていたんでしょうか」

「まあ、かなり気にはしていたよね。学部長選が話題になり始めたころからは、特に神経質になってたな。俺たちが選挙違反のことを知ったのも、そのころだったし」

山根は考え込んだ。三十年も昔の事件が、いきなり話題になったというのもおかしな話だ。作為的な感じがしないでもない。

「教授が選挙違反にからんでいたこと、新井さんはどういう形で知ったんですか」

「どうだったかな。いつの間にか噂になってたって感じだけど」

「最初、だれに聞いたか、覚えてませんか」

新井は腕組みをし、首をかしげた。

助け船を出すように、玉置が言う。

「ぼくの場合は、前々からそういう話は聞いてたんだ。学内の噂としてね。もちろん、人に話したりはしてないよ。でも、学部長選に出るなんてことになれば、いろいろと騒がれるものだからね。学校側だって、身体検査をするだろうし」

「身体検査？」

「ほら、政治家が大臣になるときに、経歴を調べられるじゃないか。スキャンダルが出てきたら、即、辞任なんてことになるわけだから。あれと同じだよ。いまの学部長が、岸井先生の過去を調べさせたんだと思うよ。それが自然にもれてきたんだろうな」

「岸井教授は、そのことについて何か言ってましたか」

「最初は笑ってたよ。私も若かったからなあ、とか言って。でも、だんだん深刻になってきたんだよね。ぼくらが見ていてもわかるくらいに」

玉置の言葉にうなずき、ふたたび加奈子が発言した。

「いま玉置先生は、だんだんっておっしゃいましたけど、あたしには突然に見えました」

「突然？」

「ええ。ある日突然、悩み始めたって感じですね。それからしばらくして、岩瀬弁護士が学校へ見えたんです」

「じゃあ、やっぱり岸井教授が岩瀬に相談したのは、その選挙違反のことだったんでしょうか」

「あたしには、そこまではわかりません」

「このひと月くらいの間に、岩瀬は何度かここへ来ているはずなんですが、教授のほうに何か変化はありませんでしたか。安心したとか、もっと深刻になったとか」

山根のこの質問には、玉置がすぐに答えた。

「ぼくが見ている限り、変化はなかったね。いつも悩んでるって顔をされてたよ、岸井先生は」

「だけど、変ですよね。先ほど先生が言われた身体検査のことですけど、三十年も前の選挙違反、それも起訴もされていないような事件が、学部長選の障害になるものなんでしょうか」

「さあ、それをぼくに聞かれても困るな。現学部長や事務局がどういう判断をしたのか、聞いたわけじゃないからね」

「でも教授はあきらめたんですよね、学部長を。ということは、いまの学部長や学校側から、駄目だって言われたわけでしょう？」

「どうかな。そのへんの事情は本人に聞いてもらわないと。きみ、会ったんだろう？　教えてもらえなかったのかい？」

山根は苦い顔をして首を横に振った。

「まったく相手にしてもらえなかったんです。きのうは警察で事情を聞かれて、きょうも刑事が来て質問されたわけですから、気分が悪かったようで」

「そうか。困ったね。ぼくたちも、あまり役には立てなかったみたいだしなあ」

玉置が言ったところで、ふたたび新井が手をあげた。

「一つだけ、気になることを思い出したよ」

「どうぞ、話してください」

「岩瀬さんがここへ来るようになる前のことだったけど、岸井先生、いきなり俺に尋ねてきたんだ。殺人教唆《きょうさ》の罪っていうのは、どういう場合に適用されるんだ、って」

「殺人教唆？」

唐突に飛び出してきた言葉に、山根はぎくりとした。

ほかのメンバーも、みんな驚いたようだった。加奈子などは目を丸くしている。

「俺、ミステリーが好きなんだ。そのころ読んでいた本の話をしているうちに、教授が言いだしたんだよね」

「新井先生はどうお答えになったんですか」

「知っていることは、その場で話したよ。相手に殺人までさせようって気を起こさせる行為をすれば、成立するんじゃないかって。罪としては殺人罪と同じになるってこともね」

「教授の反応はどうでした？」

「難しい顔をして、うなずいてたよ。まさか教授が殺人教唆になるようなことをしていたとは思えないけどね」

新井はそう言って笑ったが、山根は笑えなかった。ここで初めて教唆という法律用語が出てきたのだ。

刑法第六十一条――人を教唆して犯罪を実行させた者には、正犯の刑を科する。

山根にとっては、もう何度も読んでいる条文だ。

「岸井教授の身辺で、殺人事件か何か、ありませんでしたか」

あまりにも直接的な質問だったが、しないわけにはいかなかった。

新井や女性陣は苦笑したが、玉置は真面目な顔で言った。

「そういう話は聞かないなあ。岸井先生は研究ひと筋の人だし」

「べつに教授が殺人を犯したとか言ってるんじゃないんです。周囲でそういう事件が起こって、教授はそのことを心配してあげたのかもしれませんし」

苦しい言い方になったが、これも仕方がないことだった。ここにいる全員が岸井の世話になっているのだ。岸井を悪人にしてしまうわけにはいかない。

しばらく沈黙が続いた。結論を出すように玉置が言う。

「やっぱりわからないな。申しわけないが、ぼくたちが話せるのはこの程度だ。べつに隠してるわけじゃないよ。弁護士さんのことは気の毒だし、事件が早く解決してくれるといいと思ってはいるんだけど」

「わかりました。お忙しいときに、ありがとうございました。また何かお聞きすることが出てくるかもしれませんので、そのときはよろしくお願いします」

「ぼくたちにできることなら、なんでも協力するよ」

山根は立ちあがって頭をさげ、もう一度、沙織の美しい顔に目を向けてから、准教授室を出た。

2

佐知子に礼を言い、一階までおりてきたところで、山根の携帯電話が震えた。ディスプレイには村井の名前が出ている。

「村井さん、いま研究室の人たちに話を聞いてきたところです」

「どうだった？」

「芳《かんば》しくないですね。教授は拒絶状態でほとんど何も話してくれませんでしたし、准教授以下、講師や助手の人たちからも、大したことは聞けませんでした。あっ、そうだ。岸井教授、どうもほかの大学に移るみたいですよ」

「ほんとうか？」

「詳しくはわかりませんけど、物理学の菊池教授がそうおっしゃってました」

村井はしばらく黙り込んだ。やがてため息混じりに言う。

「なかなか事情がつかめないな。沙絵子も詳しくは話してくれないんだが、警察もお手あげの状態らしい。岸井には、はっきりしたアリバイがあるようだしな」

アリバイなどという言葉を聞いて、山根は自分が捜査に加わっているような気分になった。そのせいか、先ほどの新井の話を思い出した。

「一つだけ、ちょっと気になることを聞きました。奈津美さんが岸井教授から何かを頼まれる前のことだったらしいんですけど、教授が講師の新井さんに、殺人教唆のことを尋ねたそうなんです」

「殺人教唆?」

「どんなことをすれば、殺人教唆の罪に問われるのか、聞いたらしいんです」

村井はしばらく黙った。何か考えているらしい。

やがて一つため息をつき、重い口調で話しだす。

「例の自殺の件だけどな、そっちでも似たような話が出てるんだ」

「殺人教唆ってことですか」

「そこまで具体的じゃないんだが、自殺した三人のうち二人までが、死ぬ前に会った友人に、自分は人を殺してしまったかもしれない、って言ってたそうなんだ」

「人を殺した?　どういうことなんでしょうか」

「俺にもまだわからん。だが、いまのおまえの話と、どこか通じる気がするな。自殺したやつは、人を殺したって言ったわけじゃない。殺してしまったかもしれない、って言ったんだ。つまり、意図的に殺したって意識はないわけだろう？　殺人教唆みたいなことをしたのなら、そういうせりふになるかもしれないじゃないか」

「なるほど。つながりましたね」

まだ頭の中は混乱状態だったが、山根はほんの少し、真相に近づけたような気がした。

「でも、よく調べられましたね。自殺は三件とも、東京じゃなかったんでしょう？」

「忘れてもらっちゃ困るな、ジュン。俺たちにはモロっていう、プロの探偵がついてるんだぜ」

「そうでしたね。でも、諸岡さんは奈津美さんにつきっきりじゃないんですか」

「できる限り一緒にいたいんだろうが、あいつだって自分で調べたいに決まってる。地方にいる知り合いの探偵なんかを使って、いろいろやってるみたいだ。三件の自殺のことを話したら、一時間後にはいまの情報をよこしたよ」

「さすがだな、諸岡さん」

「おまえも頑張れ。拒絶状態だとか言ってたが、できれば岸井にももう一度、アタックしてみたほうがいい。俺から佐知子に連絡して、なんとか都合をつけてもらうから」

「わかりました。もう東京へ帰るつもりだったけど、まだしばらくこっちにいたほうがいいですね」

「できればそうしてくれ。じゃあ、夜にでもまたな」

電話をオフにしたとたん、山根は後ろから声をかけられた。

振り向くと、佐知子ともう一人、女性が立っていた。よく見ると、それは助手の関加奈子だった。白衣を脱いだせいで、まったく違う印象になっていたのだ。

「どうしたんですか、佐知子さん」

「加奈ちゃんがね、あなたに話があるっていうのよ」

「話？」

「みんなの前では言えなかったことがあるみたいなの。岸井先生に関することでね。一人じゃ心細いっていうから、ついてきてあげたの。ねっ、加奈ちゃん」

こっくりうなずいた加奈子は、なぜか頬を赤らめていた。

先ほど感じたとおり美人ではないが、こうして見るとなかなか色気のある顔だった。肉厚の唇が、奈津美の唇を連想させる。

「ジュンくん、きのうの場所、覚えてるでしょう？」

「サークル会館ですか」

「そう。鍵は開いてるし、夕方まではだれも来ないはずだから、あそこを使うといいわ。

だれにも聞かれなくて済むし」

「はあ。でも、話なら、喫茶店でいいんじゃないですか」

山根が言うと、佐知子は含み笑いをもらし、彼の耳もとに口を寄せてきた。

「わかってないなあ、ジュンくんは。加奈ちゃんはね、あなたのことが気に入ったのよ」

「気に入ったって、そ、そんなこと」

「ああん、何を照れてるのよ。はっきり言っちゃえば、加奈ちゃんはジュンくんに抱かれたくなったの。わかるでしょう?」

佐知子のきわどいせりふに圧倒されながらも、山根はあらためて加奈子を見つめてみた。体形的には、佐知子によく似ていた。膝上十センチほどのミニスカートから露出したふとももはむっちりしているし、間違いなく山根の好みだ。

だが、抵抗がないわけではなかった。

「まずいでしょう、佐知子さん。彼女、奥さんなわけだし」

「あら、あたしだって奥さんよ。あたしとはよくて、彼女とは駄目なの?」

「だ、駄目ってわけじゃありませんけど」

「きのうは中に出せなかったし、ジュンくんも欲求不満でしょう?　ちょうどいいじゃない。彼女の中に、たっぷり出してくるといいわ」

佐知子があまりにも露骨な言い方をしたため、さすがに加奈子も驚いたようだった。それでも、相変わらず熱い目で山根を見つめてくる。

昨夜は静香のところで三回、さらに佐知子の口とふとももの間に一回ずつ、山根は射精していた。欲求不満のはずはなかったが、加奈子を見ているうちに興奮してきたのは事実だった。

「ほら、何してるの、ジュンくん。加奈ちゃんを抱いてあげないと、大事な話も聞けないわよ。早く行きなさい」

山根の前に加奈子を押し出すようにして、佐知子は行ってしまった。

「ごめんなさい。突然、押しかけてきて」

「いいえ、ぼくはかまいませんよ」

「いいの？　沙織さんぐらいきれいならともかく、あたしなんかと」

新島沙織の美貌を、山根は思い出した。だが、いまは加奈子にも興味が湧いていた。ズボンの前は、完全に突っ張ってしまっている。

「確かにきれいですよね、新島さん。でも、ぼくは関さんのほうが好みだな」

「ほんとに？」

「やせた人は苦手なんです」

沙織ほどの美しさなら、体形を無視しても抱きたい気分になるところだが、山根はあえてこう言った。これから肉体関係を持つことになるかもしれない女性を、いやな気分にさせるわけにはいかない。

「じゃあ、行きましょう。サークル会館へ」

「大丈夫なんですか、研究室のほうは」

「あたしたちの主な仕事は、学生実験の手伝いなの。きょうは実験がない日だから、けっこう暇なのよ」

言葉もすっかりくだけてきた。

山根はいちだんと興奮しながら、加奈子と肩を並べて歩きだした。

「べつに出し惜しみをするわけじゃないけど、お話はあとでもいいかしら」

「ぼくもあとのほうがいいです。もうたまらなくなってるから」

「まあ、ふふっ、山根さんったら」

くすっと笑った拍子に、加奈子の胸が大きく揺れた。乳房はかなり豊かそうだった。FカップかGカップぐらいはあるかもしれない。

「ちょっとだけ話しておくとね、あたしが言いたかったのは、岸井先生の女性関係なの」

「教授の女性関係？」

山根には意外な話だった。岸井は見るからに研究者タイプで、女性に興味など示しそうには思えなかったからだ。

「そりゃあびっくりするわよね。あの先生には、一番似合わない話かもしれないから」

「ええ、確かに。いつごろの話なんですか」

「ふふっ、あとは終わってからよ。ねっ？」

妙に色っぽい声で言われ、山根は気圧されてしまった。うなずくのがやっとだった。

3

十分後、二人はサークル会館の中にある茶道部の部室にいた。十数時間前に、山根はここで佐知子を抱きしめ、ふとももの間に欲望のエキスを放ったのだ。

加奈子の手によって、山根はすでに下半身裸に剝かれていた。そそり立った肉棒が、下腹部にぴたっと貼りついている。

「うれしいわ、山根さん。そんなに大きくしてくれて」

山根の下腹部に目をやりながら、加奈子は服を脱いでいった。上着、ブラウス、スカートの順で取り去り、すぐに下着姿になった。パンストも脱ぎ、あとはパンティーとブラジャーだけという格好になる。

背中に手をやってホックをはずし、加奈子はブラジャーを畳の上に落とした。締めつけから解放された乳房の双丘が、まるでスローモーションのようにゆっくりと揺れた。左右のふくらみが、ぶつかり合って音をたてる。

「すごいなあ、関さんのおっぱい」

「これだけが自慢なのよ。大きいけど、そんなに垂れてないでしょう？」

「ぜんぜんですよ。ものすごく張りがありそうじゃないですか」

「さわり心地は、あとで試してちょうだい。その前に」

立ちつくす山根の足もとに、加奈子はしゃがみ込んだ。迷わず右手で肉棒を握り、じっと見つめてくる。

「すてきよ、山根さん。あなたのこれ、とっても硬い」

「ううっ、たまりませんよ、関さん。ぼく、出ちゃいそうだ」

「まだ駄目よ。もっと楽しんでくれなくっちゃ」

一度、山根を見あげて妖艶なほほえみを見せてから、加奈子は肉厚の朱唇を開いた。突き出した舌で、肉棒の裏側をぺろぺろと舐め始めた。陰嚢のほうから亀頭の裏側まで、何度も往復して舌を這わせてくる。

山根の体を、快感の大波が駆け抜けていった。このまま続けられていたら、すぐにでも射精してしまいそうだった。歯を食いしばって、押し寄せてきた射精感をなんとかやりすごす。

そのうちに、加奈子は意外な行動に出た。いったん肉棒を解放し、両手で乳房を持ちあげるような格好になったのだ。

「手伝って、山根さん。あなたの手で、オチンチンをここに挟むの」

「挟む？」

「そうよ。ぱいずりって、聞いたことない？」

昨夜この場所で、佐知子からも同じことを言われた。佐知子はももずりの説明をするためにその言葉を出したのだが、どうやら加奈子は本物のぱいずりをしてくれるらしい。

山根は右手で肉棒を握った。加奈子の乳房の間に、それを押し当てる。

加奈子は左右から、両手で乳房を押しつぶすようにした。当然のように、肉棒はふくらみに挟み込まれた。

「ああ、関さん」

なんとも言いようのない心地よさに、山根はうっとりした。フェラチオのような直接的な刺激ではないのだが、柔らかな乳房に包まれた感触は絶品だった。このままずっとこうしていたい、という気分にさえなる。

加奈子は体を上下に揺すりだした。

ごく自然に、肉棒が乳房にこすられる結果になった。それほど強い接触感ではなかったが、快感であることに変わりはなかった。

「ああ、駄目だわ。あたし、我慢できなくなってきちゃった」

いきなり乳房から手を放し、加奈子はふたたび右手で肉棒をつかんだ。今度はその朱唇の間に、すっぽりと亀頭をくわえ込んでしまう。

「うわっ、ああ、関さん」

加奈子は首を振り始めた。

強烈な快感に襲われながら、山根はあるものを視界にとらえた。空いた左手を股間におろし、加奈子はパンティーの股布に指を這わせていたのだ。首振りのリズムに合わせて、妖しく指をうごめかしている。

こうしちゃいられない。ぼくがやってあげないと失礼だ。

山根は両手で加奈子の頰を挟み、肉棒をゆっくりと引き抜いた。

「どうしたの？　あんまり気持ちよくなかった？」

「違います。ぼくにやらせてくださいよ、関さん。自分でやるなんてルール違反です」

「あら、見られちゃった？」

照れくさそうに笑い、加奈子はパンティーの上から左手を引っ込めた。

脇に置いてあった座布団を二枚並べ、山根はそこに加奈子の体を横たえた。添い寝する形になって、右手をウエストにまわした。パンティーの縁に指をかけ、体に沿っておろしていく。

加奈子が腰を浮かしてくれたため、薄布はすんなりとおりてきた。足首からパンティーを抜き取ったところで、彼女に脚を開かせ、山根はその間で腹這いになった。両手で下から量感たっぷりのふとももを支え、秘部に向かって顔を近づけていく。

両手を広げるように飛び出した肉びらは、たっぷりと蜜液にまみれていた。あふれた淫水の一部は、お尻のほうへ垂れ落ちかけている。

山根は舌を突き出した。淫裂を丁寧に舐めあげる。

「ああ、すてき。感じるわ、山根さん」

まだまだですよ、関さん。もっともっと感じてもらいますからね。

山根は舌先をとがらせ、秘唇の合わせ目を探った。硬化したクリトリスが、心地よく当たってきた。さわるかさわらないかという程度の、繊細なタッチで愛撫を試みる。

「ああっ、すごいわ、山根さん。あたし、もう」

左右に大きく身をくねらせ、加奈子は絶叫した。

外まで聞こえてしまいそうな声だったが、いまさらどうなるものでもなかった。覚悟を決めて、山根はさらに舌を使った。ぴちゃぴちゃという音が、淫猥に響きわたる。

舌の動きを止めずに、山根はふとももから左手を放した。その手を顎の下に持ってきて、中指を淫裂にもぐり込ませる。

指の腹に、細かい肉襞が当たってきた。舌の動きに合わせて、山根は指を前後に動かした。指が肉襞を撫でる。

「だ、駄目。もう駄目よ、山根さん。ねえ、来て」

山根は加奈子が絶頂に達するまで愛撫を続けるつもりだったが、どうやら彼女は挿入のほうを望んでいるようだった。

秘部から口と手を放し、山根は加奈子の体の上を這いのぼった。

顔面をすっかり紅潮させて、加奈子はじっと見つめてきた。目がかすかに潤《うる》みを帯《お》びている。

「白状するわ、山根さん。あたしね、不倫は初めてなの」

「初めて？」

「前からサッちゃんに頼んでたのよ。いい人がいたら紹介してくれって。きょうはびっくりしたわ。山根さんならぴったりだって、サッちゃんが言ってくれて」

「じゃあ、嘘だったんですか。ぼくのこと、気に入ってくれたっていうのは」

加奈子は首を横に振った。

「嘘なんかじゃないわ。あなたが准教授室に入ってきたとき、こんな人と不倫ができたらいいな、って本気で思ったもの。だからびっくりしたのよ。サッちゃんから、山根さんと付き合ってみたら、って言われたときは」

「ぼくもびっくりですよ。まさか誘ってもらえるなんて」

加奈子は下腹部に右手をおろしてきた。屹立した肉棒をしっかりと握り、先端を淫裂へと導いていく。

「一つだけお願いがあるの。あたしのこと、奥さんって呼んでくれない？　不倫してるんだって感じ、味わってみたいから」

「いいですよ、奥さん」

「ああ、山根さん」

加奈子の引きに合わせて、山根は腰を進めた。亀頭が淫裂を割り、続いて肉棒全体が、彼女の体内にもぐり込んだ。

狭い肉洞だった。強烈に締めつけてくる。

「すごいなあ、奥さんのここ。ものすごくきつい」

「痛いってこと？」

「違いますよ。最高にいいんです」

「うれしいわ。あたし、うれしい」

加奈子が下から腰を突きあげてきた。

「駄目ですよ、奥さん。そんなに激しくされたら、すぐに出ちゃいそうだ」

「いいのよ、山根さん。出して。あたし、感じたいの。あなたが熱いのを出すところ」

射精の許可が出た。こうなれば、もう遠慮する必要はない。左手を畳の上につき、右手で豊かな乳房を揉みながら、山根は大きく腰を使い始める。

そのとたん、山根の脳裏に奈津美の顔が浮かんできた。眉間《みけん》に皺《しわ》を寄せ、悩ましい声をあげているところだった。もう二度と抱くことはないだろうが、奈津美に猛烈ないとおしさを感じる。

やっぱりぼくは奈津美さんが好きだ。だから、あなたのために頑張りますよ。

奈津美の名を叫びそうになるのを必死でこらえながら、間もなく山根は射精した。

「そろそろ話してもらえますか、関さん」

射精から十分ほどして、山根は加奈子に声をかけた。

下半身の後始末は終えたものの、山根はブリーフ一枚、加奈子はパンティーとブラジャーをつけただけの格好だ。

「ごめんなさい。すごく感じちゃったから、ぼんやりしてしまって」

「お世辞でもうれしいな、そんなふうに言ってもらえると」

「ああん、お世辞なんかじゃないわ。本音よ。こんなすてきなセックス、初めてかもしれない」

畳の上に座ったまま、加奈子は身を寄せてきた。山根の首筋に唇を押し当てる。

山根の股間が鋭く反応した。下着姿の加奈子を目の前にしているわけだから、すぐにでもまた抱いてみたくなる。

だが、山根は本来の目的を思い出した。奈津美のためにも、いまはできるだけ情報を集めなければならない。

「教えてください、関さん。岸井教授の女性関係って、どういう話なんですか」

「事件には直接、関係ないことだと思うの。でも、山根さん、先生に相手にされなかったって言ったじゃない？　先生の弱みをつかめば、有利になるんじゃないかって気がして」

それは山根も考えていたことだった。あす、もう一度、岸井に話を聞きに行くつもりではあるが、いまのままではきょうと同じになるのは目に見えていた。岸井の弱点をつかんでおけば、有利な展開になる可能性はある。

「あたしが知ってるのは四年くらい前の話よ。苗字しかわからないんだけど、確か佐藤《さとう》って女子学生だった。岸井先生、その子を妊娠《にんしん》させたって噂だったわ」

「妊娠？　女子学生を妊娠させたんですか。それはすごいですね」

「あんまり表には出なかったから、単なる噂なのかもしれない。でもね、岸井先生が女好きだってことは確かなのよ。あたしも何度か、誘われたことがあるし」

「えっ、関さんも？」

「あら、あたしが誘われちゃ、おかしいって言うの？」

　口をとがらせた加奈子は、なんともいえずかわいかった。大事な話をしているというのに、山根はつい笑ってしまう。

「おかしくなんかありませんよ。関さんなら、誘われて当たり前です」

「ふふっ、いいのよ、気をつかってくれなくても。ただ、噂があったことだけは間違いないわ。ごめんね、あんまり詳しく知らなくて」

「いいえ、とんでもない。充分ですよ。これだけ教えていただければ」

　貴重な情報だった。相手の苗字までわかっているのだ。これなら調べようがある。

少し考え込んでいた山根の体が、びくんと震えた。

いつの間にか、加奈子が右手を彼の股間に伸ばしていたのだ。頬を真っ赤に染め、妖艶とも思える笑みを浮かべている。

「ごめんなさい。あたし、またたまらなくなっちゃった。もう一回、駄目？」

「駄目なわけないじゃないですか。ぜひお願いしますよ、奥さん」

「ああ、山根さん」

二人は即、二回戦へと突入した。

一時間後、山根は村井に電話し、加奈子から聞き出したことを報告した。

「思い出したよ、ジュン。岸井は確かに女好きだった。妊娠とまではいかなかったが、俺たちの代でも問題は起こしてたよ、あいつ」

「問題って？」

「やっぱり女子学生に手を出したんだ。ちゃんと彼氏がいる女にな。男が怒鳴り込んで、けっこう大変だったたって話を聞いた覚えがある」

「意外ですよね。研究以外、興味はないって顔してるのに」

「人間なんて、そんなもんだよ」

村井は吐き捨てるように言った。

「妊娠させた女のこととか、こっちでできるだけ調べてみる。その女の助手が言ったように、岸井をちゃんと喋らせるには、いろいろネタがあったほうがいいからな。何かわかったら、メールで送ってやるよ」

「お願いします」

電話を切った山根は、もう一度、これまでにわかったことを整理しておこうと思い立ち、一人でカフェテリアに入った。

第七章　恐　喝

1

　こつこつという控《ひか》えめなノックの音で、山根は目を覚ました。

　T大の大学会館にあるホテルに泊まっていることを思い出すまでに、少し時間がかかった。時計の針は、ちょうど八時を指していた。またノックが繰り返される。

　なんとか起きあがってドアを開けたとたん、山根はびくんと身を震わせた。

「おはよう、山根さん」

「す、澄ちゃん」

　片桐恭三法律事務所で、山根と一緒にアルバイトをしている柳瀬澄江が、満面に笑みを浮かべて立っていたのだ。

「ごめんなさい、驚かしちゃって。ゆうべ遅くに所長から電話があって、山根さんをヘルプしに行ってこいって言われたの」

「そうなのか。た、大変だったね」

なんとか応じながら、山根は冷や汗をかいていた。実は先ほどまで、奈津美の夢を見ていたのだ。朝立ちのせいばかりでなく、股間が突っ張っている。

「ちょっと待っててくれるかな。すぐ支度するから」

「急いでね。佐知子さんが、もうスタンバイしてくれてるの」

「佐知子さん？　きみ、会ったの？」

「村井さんが連絡してくれて、今朝、彼女が駅まで車で迎えに来てくれたのよ」

「ふうん、そうだったのか」

どぎまぎしながら、いったんドアを閉め、山根は大急ぎで着替えた。

五分とかからずに外へ出てくると、まず目についたのは澄江の服装だった。きちんとしたスーツ姿なのだが、スカートの丈は極端に短かった。素足のふとももが、惜しげもなくさらされている。

山根の股間で、イチモツがむくむくと鎌首をもたげ始めた。

自分の節操のなさに直面するのは、ここへ来てから何度目かわからないくらいだったが、山根はなんとか気持ちを抑え、澄江と二人でエレベーターに乗った。

理工学部棟の向かいにあるカフェテリアに着くと、奥の席で佐知子が手をあげた。

二人もそれぞれ飲み物を買い、座席に腰を沈めた。佐知子と澄江が並んで座り、正面に山根が腰をおろした。

佐知子は、すっきりとした表情を浮かべていた。村井のことは、完全に吹っ切れたということなのかもしれない。

「ありがとうございました、佐知子さん。迎えに来ていただいて」

澄江が佐知子に向かって、ぺこりと頭をさげた。

「いいのよ。あんまり田舎《いなか》なんで、びっくりしたんじゃない?」

「いいえ、逆です。T大のことは村井さんや山根さんから聞いてましたけど、もっとすごく辺鄙《へんぴ》なところだと思ってたんです。駅を降りたらデパートまであるし、こんなに開けてるのか、って驚きました」

にこやかに話す澄江を、山根はうっとりと見つめてしまった。奈津美というあこがれの女性がいたため、これまであまり意識したことはなかったが、澄江も日に日に魅力的になってきている。

こんな状況なのに、という思いはあったが、山根はどうしても澄江の下半身が気になった。ただでさえ短いスカートの裾が、座ったためにずりあがって、素足の白いふとももが、大胆に露出しているのだ。

さわってみたいな、澄ちゃんのふともに。佐知子と澄江、いまは二人に対して同時に欲情している山根の股間が、ぴくりと妖しく動いた。

「あっ、そうだわ。ジュンくん、これ、一馬からのメールよ。ホテルじゃプリントアウトできないだろうからって、あたしに送ってきたの。読んだら電話してくれって」

山根はうなずいた。岸井が手を出した女子学生のことなどを、調べてくれることになっていたのだ。

受け取ってひと通り眺めた山根は、感心してしまった。即、村井に電話する。

「あっ、村井さん。受け取りました。すごいですね。ひと晩で、ここまで調べるなんて」

「言っただろう？　こっちにはプロの探偵がついてるんだ。どうだ、ジュン。それだけのネタがあれば、岸井を脅《おど》せるだろう」

「脅す？　教授を脅すんですか」

「ああ、そうだ。きょうはヤクザにでもなって、岸井を恐喝《きょうかつ》に来たぐらいのつもりでいてくれ」

電話の向こうで、村井が笑った。

「こっちでもいろいろ考えてみたんだが、とにかく岸井を落とすのが一番早いって結論になったんだ。あいつが奈津美ちゃんに何を相談していたのかがわかれば、おのずと犯人像が見えてくる」

「警察にはちゃんと話したって、教授は言ってましたけど」

「確かめたよ。でたらめだ」

「でたらめ？」

「沙絵子からようやく聞き出したんだが、岸井は警察には、奈津美ちゃんに離婚の相談をしてたって話したんだそうだ」

「離婚、ですか」

「妻から離婚を迫られてるが、もし別れる場合、いったいどのくらい慰謝料を払えばいいのか、奈津美ちゃんに聞いてたっていうんだ。モロがすぐに調べたよ。岸井のところの夫婦関係がどうなってるのかを」

「嘘だったんですね、奥さんと別れるなんて」

「近所の話では、夫婦仲はしごく円満だそうだ。息子と娘が独《ひと》り立ちしたんで、このごろは前より余計に仲良くなったみたいだ、なんて言う人もいたらしい」

「なんでそんなすぐバレる嘘をついたんですかね」

「奈津美ちゃんに相談してた内容を、警察に知られたくなかったんだろう。つまり、相当にやばい中身だったってわけだ」

　岸井の相談内容は選挙違反がらみ、と山根は思っていた。だが、もう三十年以上も前のことなのだ。それについて岸井がどんな問題をかかえていたのか、見当もつかない。

「だいたいの想像はついてるんですか、村井さん。岸井教授が奈津美さんに何を相談していたのか」

「いや、ぜんぜんだ。だからこそ、おまえに脅しをかけてもらおうって思ったわけだ」

「教授、ちゃんと話してくれますかね。警察にも黙っていたことを」

「普通にぶつかったんじゃ無理だろうな。そこで脅しなんだよ、ジュン」

　あらためて脅しという言葉が出てきて、山根は少し緊張した。弁護士を目指してきた身だから、恐喝が罪になることぐらいは知っている。できれば犯罪に荷担したくはない。だが、奈津美を刺した犯人を捕まえるためなのだ。可能性がある以上、なんでもしなければならないだろう。

　山根の沈黙を逡巡《しゅんじゅん》と考えたのか、村井が心配そうに声をかけてきた。

「おまえが真面目なのは知ってる。性善説の支持者だってこともな。だが、ここは奈津美ちゃんのためだ。鬼になれ、ジュン。岸井を脅して、とにかく話を聞き出すんだ」

「わかりました。やってみます」

「頼んだぞ」

電話は切れた。

いつの間にか、時刻は九時十分前になっていた。

まず佐知子が立ちあがり、カフェテリアを出ていった。教授室の前で、山根を迎えてくれることになっているのだ。

「所長から伝言よ、山根さん。これからは、あたしと二人で行動するようにって」

思い出したように、澄江が言った。

「澄ちゃんと二人で？」

「奈津美さんのこと、所長もすごく心配してるの。いよいよ真相に迫るわけだけど、そういうとき、一人より二人のほうが絶対に頼りになるからって、所長はおっしゃってたわ」

確かにそのとおりだ、と山根も納得した。とにかく澄江は頭がいい。一緒にいてくれるのだと思うと、それだけで心強い。

「じゃあ、行こうか、澄ちゃん」

きゅっと口を引き結んで、澄江はうなずいた。

理工学部棟のエレベーターに乗ったとたん、山根の心臓がどきどきし始めた。

奈津美さんのためなんだ。ここは頑張らないと。

何度も何度も深呼吸をしているうちに、目的の階に着いて扉が開いた。

2

「会うのはこれが最後だぞ。迷惑にもほどがある」

山根が教授室に入っていくと、立ったままの岸井は、まずそう言って牽制《けんせい》してきた。だが、あとから入ってきた澄江に目をとめて、少しだけ頬をゆるめた。

「きみはだれかな?」

「柳瀬澄江と申します。法科大学院に行きながら、片桐恭三法律事務所で働かせてもらってます。山根の助手だと思ってください」

「そうか。うん、まあ、かまわんが」

一瞬、山根は岸井の好色さを垣間《かいま》見た気がした。澄江の体に、明らかに欲望に満ちた視線を送ったのだ。

勧《すす》められてもいないのに、山根は勝手にソファーに腰を沈めた。

澄江も黙って山根の隣に座る。

「先生、さっそくですが、渡辺紗理奈《わたなべさりな》って名前、覚えていらっしゃいますか」

岸井の表情が、いっぺんに堅くなった。

「ど、どういうことだ？　渡辺紗理奈が、今度のことと何か関係があるのか」

「べつにそうは言ってません。ただ覚えていらっしゃるかどうかをうかがったんです」

いかにも不愉快そうな顔をして、岸井はようやくソファーのところにやってきた。二人の正面に腰をおろす。

「覚えていませんか。もう十六年も前のことですからね。仕方がないかな」

「お、覚えてるさ。覚えてるが、それがなんだって言うんだ？　もったいぶった言い方をするな」

山根は確かにもったいぶっていた。佐知子がプリントアウトしてくれた資料を取り出し、努めてゆっくりと開く。渡辺紗理奈というのは、村井がここの学生だったころ、岸井が手を出したという女子学生の名前だった。

「先生、なかなかの発展家でいらっしゃる。渡辺紗理奈には、ちゃんと恋人もいた。そんな女性に、ちょっかいを出すなんてね」

岸井は完全に気圧《けお》されているようだった。それでも、なんとか威厳を保とうと試みる。

「山根くんとかいったな。私はきみたちに付き合っていられるほど暇じゃないんだ。わざわざそんな古い話をするために来たのか、きみは」

「とんでもない。当然、先生のお話をうかがいに来たんですよ。岩瀬弁護士に、どんな相談をされていたのか、きょうこそは教えていただこうと思いましてね」

自分でも信じられないほど、山根は自信たっぷりになっていた。岸井の動揺が、意外なほど大きかったせいだろう。

「その話なら、もう済んだはずだ。警察でちゃんと話したんだ。きみに話さなきゃならない義理はない」

「先生、警察では、ほんとうのことをおっしゃってないじゃありませんか」

山根の言葉に、岸井はさすがにむっとしたようだった。

「口を慎《つつし》みたまえ、山根くん。私は嘘などついておらん」

「じゃあ、うちの岩瀬には離婚の相談をしていたと、あくまで言い張るわけですね」

岸井は目を大きく見開いた。

「ど、どうして知ってるんだ？　その話は警察にしか、していないはずなのに」

「お互いに正直になりましょうよ、先生。話していただけませんか。岩瀬にどんな相談を持ちかけていたのか」

「もう知ってるんだろう？　警察が情報をもらしたとすれば由々しき問題だが、まあそれはよしとしよう。岩瀬さんには、離婚のことを相談していたんだ」

いでしょう」

「ふん、あんまりぼくを甘く見ないほうがいいですよ、先生。そんな嘘が通用するはずな

「な、何を根拠に嘘だなんて決めつけるんだ？」

「こっちは調査のプロですよ、先生。調べればすぐにわかるんです。ご近所で聞いても、夫婦仲はいいって評判だった。とても離婚するようには見えないってね」

「そんなもの、他人にはわからんさ。実際、まだ完全に別れると決まったわけじゃないんだ。これからの話し合いで、もとの鞘《さや》に収まる可能性だってある」

山根は小さく首を横に振り、にやりと笑った。

「嘘がバレたときの準備ですか」

「何を言ってるんだ？　私は何も」

「一つ嘘をつくとね、先生、どんどんほかの嘘もつかなくちゃいけなくなる。いいんですか、そんなことになっても」

「しつこいな、きみも。私は嘘などついておらん。何度も同じことを言わせるな」

岸井の態度は、決して堂々としたものではなかった。むしろ、おどおどしていると言ったほうがいいだろう。

こりゃあ間違いなく嘘をついてるな、岸井教授。

山根はそう確信した。わざとらしくため息をつき、ゆっくりと言う。

「正直に話してもらえないんなら、こっちも奥の手を出さなくちゃいけなくなりますよ」

「奥の手？」

問い返したところで、岸井は何かを思い出したようにハッとなった。

「おい、山根くん。きみ、まさか私を脅迫する気じゃないだろうな。十六年前、確かに私は女子学生に手を出した。しかし、あれは円満に解決したじゃないか。紗理奈のほうだって、いやいや私と付き合っていたわけではないんだし」

「そんな古い話を持ち出す気はありませんよ。ただ、女好きのあなたのことだから、どうせ別の女にも手をつけてると思いましてね。調べたら、やっぱりあったんだな、これが」

山根はふたたび書類に目を落とした。

「えーっと、佐藤雅美《さとうまさみ》。この名前、もちろん覚えてますよね、先生」

岸井の顔が青ざめるのが、山根にもはっきりとわかった。

何も答えられない岸井にかまわず、山根は書類に書かれたことを読みあげる。

「佐藤雅美、平成十八年三月、T大理工学部応用化学科卒業。在学中、三年時に妊娠し、中絶手術を受ける。子供の父親は」

「やめろ。わ、わかったから、もうやめてくれ」

山根の言葉をさえぎるように、岸井は叫んだ。

しばらく沈黙が流れたが、その間に岸井も少し落ち着きを取り戻したようだった。ローテーブルの上に、身を乗り出すようにして喋りだす。

「きみの言うとおりだ。雅美を妊娠させてしまったのも、中絶させたのも事実だ。だが、もう終わったことじゃないか。雅美には、それなりのことはさせてもらったし」

「百万円、支払われたそうですね」

「そ、そんなことまで知ってるのか」

「言ったでしょう？　こっちは調査のプロだって」

また気圧されたように黙った岸井だったが、あらためて反論を試みる。

「脅迫には乗らんよ。私は責任は果たしたんだ。言いふらされたって、べつに困らん」

「ほう、そうですか。まあ、ぼくだって、できればこんなことをみんなにバラしたくはない。でもね、先生、四月からD大に移られるんでしょう？」

岸井はぎくりとした。

実はこのプリントアウトを読んで、山根も驚いていた。岸井が都内にある私大へ移るという話は理論物理学の菊池教授から聞いていたが、学校名までは知らなかったのだ。

「人間、長く生きていれば、悪いことの一つや二つはしてますよ。ぼくだっていろいろやってるし、先生を責めるつもりなんか、ぜんぜんない。でもね、女子学生に手を出して妊娠させたなんて話を聞いて、D大の関係者がどう思うか、ちょっと心配ですねえ」

「き、きみは、知らせようっていうのか、D大のほうに」

「先生の出方によっては、仕方がないでしょうね、それも」

「た、頼むよ、山根くん。昔、世話になった先生の紹介で、やっと得た仕事なんだ。その先生のためにも、ことを荒立てないでくれ」

最初の不遜《ふそん》な態度はどこへやら、岸井はほとんど泣きだしそうな顔になった。

「だから、それは先生次第だって言ってるじゃないですか。話していただけますか？　岩瀬弁護士に相談していたこと」

「うーん、いや、しかしなあ」

岸井はがっくりと肩を落としたように見えた。それでも、まだ真実を話す決心はつかないようだった。

突然、険しい顔つきで、山根は立ちあがった。ローテーブルの上に、靴をはいたままの右足をどんと載せる。

「てめえ、いい加減にしろよ、岸井。下手に出てりゃ、いい気になりやがって」

もちろん、怒りが沸騰《ふっとう》した結果なのだが、山根自身、びっくりするような行動だった。

こんな言葉を、これまで使ったことは一度もなかったのだ。

佐知子さんを相手に代理を演じたせいで、村井さんが乗り移ったのかな。

山根は内心で苦笑した。それでも、厳しい表情は崩さない。

岸井のほうの驚きは、それどころではなかった。すっかりあわててしまっている。

「ま、待ってくれ。私は何も」

「もしかしたらおまえ、岩瀬弁護士が死んじゃえばいいと思ってるんじゃないのか？　彼女が死ねば、真相はだれにもわからずに終わるって」

岸井は答えなかったが、山根の言葉が図星であることは明らかだった。

「これだけは言っておくぞ、岸井。彼女は絶対に死なせない」

「えっ？」

「死なせないって言ってるんだ。どんなことがあっても、岩瀬弁護士は死なせない。こっちは本気だ。彼女を治せるって医者がいるんなら、どんなことをしてでも連れてくる。彼女が意識を回復すれば、おまえの嘘なんか、全部バレるんだ。そのときになって吠え面《づら》かくなよ、岸井」

澄江が目を丸くして、山根を見つめていた。そこには驚きとともに、尊敬の念があるように、山根には感じられた。

当然、岸井には大きな衝撃だったようだ。勝負はついた。山根が岸井を落としたのだ。

「わかったよ、山根くん」

しばしの沈黙ののち、岸井がぽつりと言った。

「ことの起こりは、もう三十年も前の話になるんだ」

「選挙違反のことですね？　先生が関わったっていう」

山根は丁寧語に戻っていた。座り直し、岸井に視線を注ぐ。

岸井はうなずき、遠くを見るような目になった。

「若気の至りとしか言いようがないんだが、私は三千円で一票を売ってしまったんだ。県会議員選挙だった。住んでいたアパートの近所にあった、パン屋の主人に頼まれてね」

岸井の長い告白が始まった。

山根はじっと耳を傾ける。

3

「選挙違反に関わったことで、私の人生はちょっと変わった。まず大学院の入試で苦労した。世間体を考えたんだろうが、学校側がなかなか合格発表をしてくれなかったんだ。

私も反省したし、いろいろ面倒なこともあったが、その後は順調な道だったと思う。博士課程を終えたあとはT大の助手になって、二十年という歳月はかかったが、教授までのぼりつめたんだからね。

三十のときに結婚して、子供にも恵まれた。

そのあたりで、少し驕《おご》りがあったことは否定しないよ。きみの言うとおり、私は女好きなのかもしれない。気に入った女子学生に出会うと、声をかけずにはいられないんだ。

妊娠までさせてしまったのは雅美だけだが、ほかにもたくさんの女の子と付き合った。

奥さんと離婚して自分と結婚してくれ、と迫られたことも、一度や二度ではない。なんとか丸くおさめてはきたが、いま思えば、ひやひやものだったな。

時の流れはありがたいもので、選挙違反のことなど世間では何も言われなかったし、私もだんだんと忘れていった。

ところが、一人だけずっと気にしていた男がいた。

といっても、べつにその件で脅迫されたとか、そういうことではないんだ。学生時代にああいう事件に関わってしまった私たちのことを、むしろ心配してくれていた、と言ったほうがいいだろう。

選挙違反事件の当時、うちの学生課の職員だった、磯貝康平《いそがいこうへい》という人物だ。年に数回、磯貝さんは電話をくれて、近況を尋ねてきた。私は近くにいたから、実際に会って話したことも何度かある。

話がおかしくなってきたのは、七年前に開いたT大の同期会からなんだ。その席で、当時、選挙違反に関わった仲間が五人集まったんだが、磯貝さんがみんなに連絡を取っていたことがわかったんだ。

T大の場合、教職希望者が多いだろう？　その日に集まった連中も、みんな教師だった。やつらのところへも、磯貝さんはときどき電話をして、どうしているかを聞いていたらしいんだ。

同期会の発起人は文学部のやつだったが、案内状を送ったりするのに、学生課の協力をあおいだようなんだ。一次会は大学会館のパーティールームを使わせてもらったし、学校に頼むしかなかったんだろう。

そんな関係で、同期会には学生課長以下、大学の職員が何人か来ていて、その中に磯貝さんも混じっていた。彼はもう五十代後半になっていたが、すぐに私たちに気づいて近づいてきたよ。

『おっ、選挙違反連合だな？　どうだ、みんな、しっかりやってるか？』

最初の彼の言葉は、いまでもよく覚えてる。もちろん冗談で言ったんだろうし、私たちのことを、それだけ心配してくれていたってことなんだと思う。

あんまり思い出したくない話題ではあったけど、当時、磯貝さんには世話になったんだから仕方がない。みんなそれぞれに自分の近況を報告していたよ。

話したのはほんの十分くらいだったが、磯貝さん、満足そうにうなずいていたっけ。私たちが真っ当に生きてるのがわかって、うれしかったんだろう。

卒業から二十年以上もたってるのに、ずっと私たちのことを気にしてくれていたんだ。普通に考えれば、ありがたい話だよね。だけど、中にはそれをうっとうしいと思う人間がいても、おかしくはないだろう？

体育学部出身の前川《まえかわ》ってやつが、磯貝さん批判の急先鋒だった。磯貝さんが去っていくなり、あいつは吐き捨てるように言ったんだ。

『まったく、おれたちをいくつだと思ってやがるんだ、あの野郎。たまに電話をかけてきて、教師なんだから、二度と選挙違反みたいなばかなことはするんじゃないぞ、なんて偉そうなことを言いやがる。いい気持ちがするわけないだろう？　ガキじゃあるまいし、いい加減にしてほしいよ。あんな野郎、死んじまえばいいんだ』

私は反論しようとしたんだが、同じように思ってるやつのほうが多くてね。前川と同じく体育学部を出て、広島で高校教師をやってた松井《まつい》が、かなり過激なことを口にした。

『ほんとに迷惑なやつだよな、磯貝は。みんな、そう思ってるんだろう？　なんなら俺がぶっ殺してやろうか、あいつを』

　松井だって、冗談で言ったんだと思う。

　だけど、みんな酒を飲んでいたから、その話でどんどん盛りあがったんだ。どうやって殺したらいいか、なんてね。つまりは殺害方法だ。

　文学部出身で、名古屋の高校で国語教師をしていた木山《きやま》は、推理小説の大ファンでね。彼がいろいろな例を出してくれたよ。われわれが犯人だとバレずに殺す方法を。

　私にも、おまえが研究室から青酸カリを持ち出せばいい、なんて話が飛んできた。冗談話にしても、もちろん断ったがね。そんなことをすれば、間違いなく私が疑われる。

　けっこう話は白熱して、最後は事故がいいだろうってことになったんだ。交通事故に見せかけて殺すのが一番いい、って結論だった。盗んだ車でひき逃げをすれば、完全犯罪になるんじゃないか、なんてね。

　といっても、そのことばかり話していたわけじゃない。久しぶりにみんなで集まって楽しかったし、磯貝さんを殺す話をしたことなんて、私はすぐに忘れてしまったよ。前川や松井だって、本気で磯貝さんを殺したりするわけがない、って思ったしね。

ところが、それから一年後に、実際に磯貝さんが亡くなってしまったんだ。驚いたことに交通事故、しかもひき逃げだった。

私はどきっとしたよ。

当然、同期会でのことを思い出した。その時点で、仲間に電話してみようかとも考えたんだが、すぐには行動に移れなかった。こんなの偶然に決まってるし、気にするほうがおかしいって気持ちもあったからね。

そんなころ、同期会に出席していた池内《いけうち》ってやつから電話があった。

『学生課の磯貝が事故で死んだんだってな。おまえら、同期会であいつを殺す相談をしてただろう？　まさか本気でやるとは思わなかったよ』

池内は、軽いジョークのつもりで言ったんだろうが、私はいい気持ちはしなかった。もしこんな話が公《おおやけ》になって、私たちが疑われたらかなわないと思ったんだ。

その後、特に何事もなくすごしていたんだが、一年後にとんでもないニュースが伝わってきた。あの松井が自殺したっていうじゃないか。そう、私たちに、磯貝を自分が殺してやろうかって言った、あの松井がだ。

このときばかりは、さすがに焦《あせ》ったよ。

同期会で一緒だった連中も同じ気持ちだったらしくて、すぐに一人から電話が来た。大阪の高校で体育教師をやってた、下村《しもむら》って男だ。同じ体育学部ですごした仲だから、私たちよりもっと気になったんだろう。

『松井のやつ、どうしちゃったんだ？　あいつが自殺するなんて、信じられないよ。まさか磯貝が死んだことと関係があるんじゃないだろうな』

私が考えていたとおりのことを、下村は言ってくれた。具体的にどう関係するのかは不明だが、こういうことが重なると、やはり気になる。偶然と見ていいのかどうか、判断ができなかったからね。

私は名古屋にいる木山に電話してみた。

彼ももちろん松井の自殺の件は知っていて、かなり落ち込んでいた。

それでも、木山の場合は、松井が磯貝さんの死に関係しているとは思っていないようだった。単純に、あれだけ元気だった松井が自ら死を選んだことが、ショックだったんだろう。

学生時代の仲間で広島にいる人間とか、ツテをたどって聞いてみたが、松井は間違いなく自殺だった。

同期会には来なかったが、松井とすごく仲のよかった水島《みずしま》ってやつによれば、松井は一度、教頭試験に失敗していたから、それが直接の原因なんじゃないかってことだった。

松井はひょうきん者だったし、そのぐらいのことで自殺するとは思えなかったんだが。まあ、確かにショックではあったが、それも時間の経過とともに忘れていく。松井には悪いが、私たちにも自分の生活があるからね。

ところが、松井が死んで半年くらいたったころ、ちょっといやなことが起きた。意図は不明だが、私のところへ脅迫とも取れるメールが来たんだ。

『松井は人殺しだ。その罪を悔いて、彼は自ら命を絶った。おまえたちも同罪だ。当然、報いは受けなければならない』

私は青くなったよ。人殺しというのが、磯貝さんの事故のことを言っているのは明白だった。ひき逃げで、犯人はまだ捕まっていなかったからね。ちなみに、そのひき逃げ犯は、いまも逮捕されていないんだ。

だけど、いくらなんでも松井が磯貝さんをひき殺したとは思えなかった。七年前の同期会でたった一度、そういう話をしただけなんだ。磯貝さんの事故について、松井が取り調べを受けたなんて話も聞いていない。

それでも、やっぱりいやな気分だったよ。あのとき集まった全員に、同じメールが届いていたんだ。

差出人の名前は『殺人告発人』となっていたが、正体は不明だった。いわゆるウェブメールってやつで、どこから出したのかもわからなかった。当時、はやり始めていたネット喫茶あたりから出したんだろう、って私たちは話し合ったよ。

メールは一度きりで、それ以降、何も言ってこなかった。不愉快な気分ではあったけど、私たちもだんだんと普通の生活に戻っていった。

ところが、これでは終わらなかった。半年後、あの木山が自殺してしまったんだ。

新聞には職場の悩みによるものなんて書いてあったが、あいつは教頭に昇進したばかりだった。どう考えても、自殺なんておかしい、と私は思ったよ。

木山の自殺を待っていたかのように、またメールが来た。

『松井に続いて一人、罪を悔いた者が命を絶った。殺人教唆が殺人と同じ罪に問われることを、彼は知っていたのだろう。さあ、次はだれだ？』

今度ばかりは、私も震えあがった。殺人教唆などという言葉が出てきたからだ。

磯貝さんを殺す方法を話し合ったのは事実だが、だれも教唆なんかしていない。松井が殺してやると言いだし、私たちはただそれに乗って、面白おかしく話をしただけなんだ。

さすがに心配になったらしくて、大阪から下村が電話してきた。直接、話をしたほうがいいだろうということになって、翌週、東京で会った。

下村は青くなっていたよ。彼によれば、ああやって相談しただけでも、殺人教唆になることがあるというんだ。

だが、その前提は、松井が磯貝さんを殺した犯人であるということだ。私はそんなふうに思っていなかったし、殺人教唆だなんてナンセンスだ、と下村には言ってやったよ。

それでも、下村はなかなか安心できないようだった。

『何があってもおかしくない時代だろう？　松井が磯貝を殺した可能性だって、ゼロではない。もしそうだったら、俺たちはみんな共犯だ。実行した松井は被疑者死亡で終わりだろうが、俺たちはそうはいかない。きっと殺人教唆で引っ張られるんだ、警察に』

そんなことがあってたまるか、と思ってはみたが、私も不安になったのは事実だった。冗談とはいえ、磯貝さんを殺す計画を、みんなで話し合っていたんだから。

それから三年という時間は経たが、結局、下村も自殺してしまった。まさかと思ったよ、奥さんから連絡を受けたときは。

自殺する少し前に、私は電話で彼と話していたんだ。彼の場合は、実際に仕事に悩んでいるようだった。公立の、少し荒れた学校に赴任《ふにん》していたらしくてね。自殺の原因は、たぶんそのことだと思う。

ただ、その電話で、下村が一つだけ気になることを言っていた。

『おまえ、寄付はしたのか？』

やつはそう聞いてきたんだ。私は意味がわからなかったが、そういえば何度か、わけのわからない、寄付を呼びかけるメールが来ていたんだ。下村はそれを、例の脅迫メールと結びつけて考えていたらしい。

松井、木山、下村という三人の友人を失って、私もさすがにショックだったよ。それでも、まさかという気持ちはあった。松井が殺人などするわけがないと思っていたからね。冷たいと思われるかもしれないが、私は磯貝さんのことも含め、事件については忘れることにした。実際のところ学部長選が迫ってきて、それどころではなくなっていたんだ。

ところが、いよいよ立候補しようかというときになって、またメールが届いた。

『殺人教唆をしたような人間が、学部長選に出馬とは呆れる。反省した三人の死が、おまえには意味をなさなかったらしいな』

これまでとは比較にならないくらい、私は不安になった。こういう場合に相談する相手として、まず弁護士を考えた。だが、私にはそんな知り合いはいない。そこで渡瀬くんに頼んで、紹介してもらったというわけだ。岩瀬弁護士をね。

届いたメールとか、持っていた資料を全部渡すと、彼女はさっそく動いてくれた。脅迫メールの犯人を警察に突き出すとかいうのではなくて、もうこんなことをしないように釘を刺したい、と彼女は言っていた。

ただ、この時点で、私はいろいろなことが面倒になってきた。脅迫メールの犯人がわかろうがわかるまいが、だれかから非難を浴びながら学部長になどなっても、仕方がないんじゃないかと思ったんだ。

ちょうど世話になった先生から、D大で研究を続けてみないかという話をもらっていたから、ちょうどいいと思って、学部長選には出ないことにした。二週間ほど前の話だ。

そしてあの日、弁護士さんが刺された日だが、昼間、彼女から電話をもらったんだ。きょう中に、だいたいのことはわかるかもしれない、ということだった。

報告はすべてが済んでから、と彼女は言っていたが、いまでは後悔してるよ。どうして少しでも、経過を聞いておかなかったのか、とね」

*

話し終えた岸井は、ぐったりとソファーにもたれた。それでも、表情はだいぶ穏やかになっていた。長年、胸にしまい続けてきたことを告白して、気が楽になったのだろう。

メールの件など、いくつか質問をした山根は、奈津美に渡したのと同じ資料を提供してもらうことを岸井に約束させた。これで話は終わりだった。

隣にいた澄江が立ちあがり、岸井に深々と頭をさげた。

その拍子に、スカートの後ろ側が自然にずりあがった。素足の白いふともが、付け根近くまで山根の目の前に露出してくる。

澄ちゃんの脚、こんなにすてきだったんだ。

山根も席を立ち、出ていく澄江を追いかけようとしたものの、ハッとしたように足を止めた。岸井に向かって話しかける。

「先生、学生時代は松栄荘にお住まいだったそうですね」

「えっ？　あ、ああ、そうだよ」

「ぼくも二年間、あそこで暮らしてたんです。このあいだお邪魔したら、おじさんが先生の話をされていました。たまには寄ってあげてくださいよ。おじさんも会いたがってましたから」

「ああ、松村さんか。懐かしいな。うん、ありがとう。近々、必ず寄らせてもらうよ」

出会ってから初めて、岸井は満面に笑みを浮かべた。

その笑顔を見て、この人は絶対に悪人じゃないな、と思いながら、山根は頭をさげ、教授室を出た。

第八章　接　近

1

「どう思う?」

ふたたびカフェテリアに落ち着くと、山根は澄江に尋ねてみた。

「奈津美さんを刺したの、絶対に岸井教授を脅迫していた人よね。奈津美さん、きっとその人を突き止めて、ホテルに呼び出したんだわ」

山根はうなずいた。岸井の告白を聞いたあとでは、そう考えるのが最も自然だろう。

それにしても、たまらないな、澄ちゃんのふともも。

いよいよ調査が核心に迫っているというのに、山根は目の前に座った澄江の脚が気になって仕方がなかった。ミニスカートの裾から、むっちりした白いふとももが大胆に露出しているのだ。いつもながらの素足だ。

山根の視線を知ってか知らずか、澄江はゆっくりとした動作で脚を組んだ。裾がさらにずりあがって、ふとももが剝き出しになる。

駄目だ、駄目だ。せっかく犯人が見えかけてるっていうのに。

山根は気を引き締めた。

「奈津美さんを刺したやつの条件、あげてみようか」

山根はメモ帳を取り出した。そこにまず数字の1と書く。

「第一条件は、三十年も前に、岸井が選挙違反に関わっていたことを知っていた人物ってことになるよね」

数字の1のあとに、「選挙違反」とメモする。

「これは研究室の全員が当てはまるね。当然、学生課の人も知っていたはずだ。交通事故で死んだ、磯貝さんって人も含めて」

うなずく澄江を見ながら、山根は言葉を継ぐ。

「あと、同期会の出席者が気になるな。三人は死んじゃったわけだけど、岸井先生たちの話を聞いていた人が、何人かはいたはずだし」

山根は2という数字のあとに、「同期会」と書き込んだ。

「岸井先生の話にも出てきたよね。磯貝さんが亡くなったあと、池内さんとかいう人がさっそく電話してきたって」

「そうそう、確か池内って言ってた。よく覚えてるじゃない、山根さん」

「うん、まあね」

澄江に褒められて、山根はうれしかった。こういうことは、大いに励《はげ》みになる。

「犯人につながる条件って、こんなものか？　せっかく岸井先生の話を聞けたのに、これじゃどこから攻めたらいいのかわからないな」

「自殺した人のことを調べたら、何かわかるんじゃないかしら」

「ちょっと難しいだろうね。話を聞くとすれば遺族からってことになるけど、自殺した本人が、たとえ家族相手とはいえ、自分の困った問題を話していたかどうかは怪しいし」

「だったら、まずあの人のところへ行くのがいいんじゃないかしら。ほら、同期会に集まった選挙違反関係者、五人のうちの一人。岸井先生以外の三人は亡くなったけど、一人、残ってるはずでしょう？　名前までは覚えてないけど」

澄江が言いだし、山根は目を輝かせた。

「体育学部出身の人で、名前は確か前川さんだったよ。学生課へ行けば住所も調べられるかもしれないね。可能なら、きょうにでも会いに行ってみるか」

「あたしもついてくわよ。所長からそう言われてるし」

にっこり笑って言い、澄江はすっと脚を組み替えた。スカートの裾が乱れたが、気にする様子もない。

澄ちゃん、どういうつもりなんだ？　これまでぼくのことなんか、ぜんぜん意識してなかったはずなのに。

二日前のことを、山根は思い出した。現金を持って、T市行きが事務所の出張扱いになったことを、澄江はアパートまで知らせに来てくれた。その際、奈津美にヤキモチを焼いてしまったのかもしれない、と彼女は言っていたのだ。

もしかしたら、ぼくに興味を持ってくれたってことか？

剝き出しになった澄江のふとももを眺めながら、山根は自分の気持ちを考えてみた。山根にしても、澄江が嫌いというわけではない。奈津美という絶対的な存在がいたために、これまで彼女のことを、女として見ていなかっただけのことなのだ。

一緒に出張なんかに行ったら、たまらなくなっちゃうかもしれない。そうなったら、彼女はぼくを受け入れてくれるんだろうか？

ズボンの前が突っ張ってくるのを山根が感じたとき、カフェテリアに佐知子が入ってきた。山根の隣に腰を沈める。

「きょうはありがとうございました」

山根が言うと、佐知子は小さく首を横に振った。

「いいのよ。お手伝いできて、あたしもうれしかったんだから。はい、これ。岸井先生からのお土産よ。女弁護士さんに渡したのと、同じデータですって」

佐知子が差し出してきたのは、ＵＳＢ接続のフラッシュメモリーだった。

「脅しをかけてきたメールとか、全部テキストで入ってるらしいわ。あと、寄付金を募《つの》るような内容のものも入れてくれたそうよ。先生は、いままでこの事件には関係ないと思ってたみたいだけど」

「ありがたいな」

山根はカバンからノートパソコンを取り出し、さっそく立ちあげた。メモリーを接続し、データを画面に呼び出す。

「脅しの内容は、先生が話してくれたから、もういいね。寄付金のメールは、どれかな」

目的のものは、すぐに見つかった。山根が読みあげる。

「二通あるね。メールって雰囲気じゃないな。拝啓から始まってる。そろそろ例の件でご寄付をいただけるのではないかと思い、またご連絡を差しあげました」

「例の件って？」

「このへんが思わせぶりだよね。わかるだろう、って意味だよ。殺人教唆の話とつながってくるな。続きを読むよ。振込先は下記のとおりです。ひと口十万円、二口以上でお願いいたします。これだけで、あとは口座番号だね。口座名義人は樋口敏夫《ひぐちとしお》になってる」

「ずいぶん無防備ね。自分の名前を明かしちゃうなんて」

澄江の言葉に、山根はゆっくりと首を横に振った。

「本人じゃないだろう」

「そうなの？　でも、このごろは偽名で口座を作るの、けっこう大変よ」

「わかってる。だからこそ、通帳なんかが高い値段で取り引きされるんだ」

「へえ、そんなものなんだ」

「住民票のある浮浪者を、銀行へ連れていって口座を作らせる、なんて手口もあるそうだよ。戸籍を売ってしまう人間もいるくらいだから、それに比べたらかわいいもんだね。口座を作るだけで何万円かもらえるんなら、喜んでやる人がいてもおかしくないよ」

澄江は深刻そうな顔でうなずいた。

こうやって一緒に仕事をするのは初めてだったが、気は合いそうだな、と山根は思った。女としても、澄江のことをかなり意識し始めている。

「もう一通はどう？　同じようなものなら省略してもいいけど」

「似てるけど、微妙に違うな。一応、読んでみるね。こちらも始まりは拝啓だ。再三、ご寄付をお願いしてきましたが、まだ振り込んでいただけておりません。早急にお振り込みください。だいぶ遅くなりましたので、ひと口二十万円、二口以上でお願いします。あとは口座番号。番号も名義人も、前のとは違ってる。こちらの名義は桐原一之《きりはらかずゆき》だ」

「いくつか用意してるんでしょうね、口座を」

「こんなメールを何人に送ってるかわかったもんじゃないけど、中には振り込んじゃった人もいるのかもしれないな」

「口座から犯人を絞るのは、警察でも難しいんでしょうね」

澄江が言い、山根はうなずいた。

「十万とか二十万って単位の金なら、すぐにおろされて終わりだろうね。おろしやすくするために、金額を抑えてる可能性もある。疑われにくいからね、その程度の金のほうが」

山根はほかのデータに目を移した。

「うわっ、すごいな、これ。選挙違反関係の人のことも入れてくれてるよ。現住所、勤め先、それに携帯番号まで」

「三十年前の事件に関わった人で、岸井先生がいまでも連絡が取れる人は、せいぜい十五人くらいなんですって。同期会で一緒になった三人は亡くなっちゃったけど」

佐知子が説明してくれた。

前川清則《きよのり》の名前が、すぐ山根の目に飛び込んできた。岡山県津山《つやま》市の出身で、いまは地元の公立高校で体育を教えているのだという。

「あとで彼に電話を入れてみるよ。会ってくれそうなら、午後の新幹線で岡山へ向かえばいいね」

「その前に、学生課へも行っておいたほうがいいんじゃない？」

澄江の言葉を聞いて、山根は急に気が重くなった。七年前の、松見公園事件を思い出したのだ。友人と四人で夜中に公園の展望塔にのぼり、おりてきたところを見張っていた青年団につかまったのだ。

あのときは学生課に呼び出され、景山という課長から、さんざん嫌味を言われたものだった。七年が経過しているとはいえ、景山と顔を合わせるのは、さすがに気まずい。もう異動してくれてるといいけどな。

山根のそんな気持ちにはおかまいなしに、佐知子が言う。

「学生課なら、仲のいい知り合いがいるから、連絡を入れておいてあげようか？」

「アポ、取ってもらえます？　できれば責任者の人に会いたいんですけど」

「わかったわ。すぐ電話してみる」

気は進まなかったが、行かないわけにはいかず、山根は佐知子に頼んだ。

佐知子はその場で携帯電話を取り出した。相手がつかまったらしく、詳しく説明を始めた。五分ほどで話を終える。

「午前中はいろいろ忙しいから、午後一時に来てくれって。課長の景山って人が会ってくれるそうよ」

ああ、やっぱり残ってたのか。

山根はがっくりと肩を落とした。司法試験に受かってでもいれば、堂々と顔を合わせられるところだが、いまの山根は法律事務所でのアルバイトという身の上なのだ。あの景山なら、また皮肉の一つも浴びせてくるかもしれない。

山根は腕時計に目をやった。

「一時なら、まだだいぶ時間があるな。佐知子さん、岸井先生がくれた資料、研究室でプリントアウトしてもらえませんか」

「お安いご用よ」

「じゃあ、ぼくはホテルに戻ってチェックアウトしてきちゃいます。午後は岡山へ行くことになるかもしれないし」

山根はメモリーを抜き取り、佐知子に渡した。パソコンをバッグに入れ直す。

今度は佐知子が時計を見た。

「学生課は本部棟だから、二階にある喫茶室で待ち合わせない？　資料、そこへ持っていくわ」

「いいんですか？　こっちから取りに行かなくても」

「お昼ぐらい、一緒に食べさせてよ。いま十時半か。十二時少し前くらいでどう？　あそこならカレーやスパゲティーくらいは食べられるはずよ」

「わかりました」

山根は立ちあがり、器をさげると、二人を残してカフェテリアを出た。

2

大学会館のホテルに戻った山根は、部屋を整理し始めた。

整理といっても、たった二晩泊まっただけだから、どうということはなかった。出してあった下着などを、バッグに詰めていく。

ほぼ片づけが終わったころ、ノックの音が響いた。ドアを開けると、佐知子が満面に笑みを浮かべて入ってきた。後ろ手で扉を閉め、山根に抱きついてくる。

「ど、どうしたんですか、佐知子さん」

「最後にお礼が言いたかったのよ、あなたに。あたし、ようやく吹っ切れたんだもの、一馬のこと」

やはりそうか、と山根は思った。卒業してから十五年にもなるというのに、さらにいえば、佐知子は佐知子で家庭を持っているというのに、いまだに彼女は、学生時代に付き合っていた村井のことが忘れられなかったらしいのだ。

吹っ切れたと聞いて、山根もうれしかった。

「会えてよかったわ、あなたに」

かすれ気味の声で言いながら、佐知子はすっと床にしゃがみ込んだ。あっさりとベルトをゆるめ、山根のズボンを足首まで引きおろしてしまう。

山根には、抵抗する気はなかった。佐知子とは、おそらくもう会うこともないだろう。思い出を作っておくのも悪くない、という気分になる。

佐知子はブリーフもずりさげた。すでにすっかり勃起したペニスが、佐知子の目の前に躍《おど》り出る。

「すてきよ、ジュンくん。もうこんなにして」

一瞬の躊躇もなく、佐知子は肉棒をぱっくりとくわえ込んだ。目を閉じ、鼻から悩ましいうめき声をもらしながら、首を前後に振り始める。

「ううっ、ああ、佐知子さん」

　山根が猛烈な快感に襲われた、まさにそのとき、ドアが勢いよく開けられた。オートロックなどにはなっていないから、鍵さえかかっていなければ、外側からでも開けることができるのだ。

　目の前に展開する現実が、山根は信じられなかった。部屋の入口には、なんと澄江が立っていたのだ。

　肉棒をくわえ込んでいた佐知子のほうは、あまり驚いた様子を見せなかった。落ち着いた動作でペニスを解放し、おもむろに立ちあがる。

「ふふっ、やっぱり来たわね」

「すみません、佐知子さん。あんなふうに言っていただいたのに、あたし、なかなか決心がつかなくて」

「いいのよ。女の気持ちなんて、みんなそんなものなんだから。何が正しくて何が間違ってるかなんて、だれにもわからないわ。正直に言ってごらんなさい。あたしに言われて来てはみたけど、まだ迷ってるんでしょう？」

「はい」

「それでいいのよ。あとはジュンくんと二人で、ゆっくり話し合いなさい」

　山根がカフェテリアを出たあと、佐知子と澄江の間に何かがあったのは間違いなさそうだった。とはいえ、二人の話の内容が、山根にはまったく理解できない。

「ジュンくん、一応、隠したら？」

佐知子の言葉で、山根はようやくいまの自分の状態に気づいた。あわててブリーフとズボンを引きあげ、ベルトを締める。

「あっ、そうだわ。これ、あげておくわね。使うことがあるかもしれないし」

バッグから何かを取り出し、佐知子が手渡してきた。

それが乳液であることに気づき、山根は頬を赤らめた。佐知子が教えてくれた、ももずりというプレイを思い出したのだ。

佐知子さん、澄ちゃんとももずりをやってみろって言いたいんだろうか？

とまどいを隠せなかったが、山根は乳液の瓶をズボンのポケットに押し込んだ。佐知子がふたたび身を寄せてくる。

「ちょっぴり残念だけど、あたし、行くわ。でも、あなたにはほんとに感謝してるのよ、ジュンくん」

「ぼくのほうこそ、すごくお世話になって」

佐知子は小さく首を横に振った。

「あたし、生まれ変わった気分よ。あなたのおかげね。これで一馬と、やっと普通の友だちに戻れたんだもの。ありがとう、ジュンくん」

頬にちゅっと唇を押し当てると、佐知子はふたたびにっこりほほえんだ。

「資料のプリントアウトは、あとでちゃんと持っていくわ。じゃあね」

立っている澄江に軽く手を振り、佐知子は部屋を出ていった。

残された山根と澄江の間に、しばらく気まずい沈黙が流れた。なにしろ山根は、佐知子から口唇愛撫を受けているところを見られてしまったのだ。言いわけなどする義理はないが、何から話していいのか見当もつかない。

先に言葉を発したのは澄江のほうだった。

「座ってもいい？」

「あ、ああ、もちろん」

澄江はベッドの縁に浅く腰をおろした。

壁際に置かれたデスクの前から椅子を引っ張り出し、山根も座った。

こんな状態ではあったが、ミニスカートから露出した澄江の白いふとももが、山根の目にまぶしく映った。萎《な》えかけていたペニスが、またむくむくと鎌首をもたげてくる。

「ごめんね、邪魔しちゃって」

「そんなことはいいよ。何があったんだい？　佐知子さんから、何か言われたの？」

澄江の頬が、わずかに紅潮してきた。顔をあげ、じっと山根を見つめてくる。

「あなたがカフェテリアを出ていってすぐ、彼女から言われたの。追いかけていかなくていいの、って」

「どういう意味かな」

「佐知子さん、あたしの気持ちを見破ってたのよ」

「澄ちゃんの気持ちって？」

ため息をついた澄江の顔が、さらに上気した。目がかすかに潤みを帯びている。

「あたし、やっと気づいたの。山根さんのことが好きだって」

「えっ？　そ、そんな、澄ちゃん」

「嘘じゃないわ。これまでだって、嫌いだなんて思ったことは一度もなかった。でも、奈津美さんのことですごく一生懸命になってるあなたを見て、変な気持ちになったの。落ち着かないっていうか。アパートの前で話したでしょう？　あれって、やっぱりヤキモチだったのよ。あたし、奈津美さんにヤキモチを焼いてたんだわ」

これは間違いなく告白だった。

山根にとっては想像もしていなかった展開だが、不思議なうれしさを感じた。だが、素直に受け取れないところがあるのも事実だった。

「うれしいよ、澄ちゃん。ただ、ぼく、前から気になってたんだ。きみは諸岡さんのことが好きなんじゃないかって」

山根が言うと、澄江は素直にうなずいた。

「確かに惹かれてたわ。何もわからないあたしに、諸岡さんはすごくよくしてくれたし。でも、あれは単なるあこがれだったんだと思うの」

「あこがれ？」

「あたしにないものを持ってる気がしたのよ、諸岡さんは」

ごく自然に、山根は自分と奈津美の関係を思い浮かべていた。知り合って以来、奈津美にはずっと好意を持っていたし、とうとうセックスをするまでになったが、山根の彼女に対する気持ちをひと言で表せば、やはり「あこがれ」ということになるのかもしれない。

「あたしも聞いていい？」

「ああ」

「奈津美さんのこと、好きなんじゃないの？」

山根は首肯した。気持ちを隠す必要など、まったくないように思えた。

「好きだよ、奈津美さん。だけど、たぶん澄ちゃんの場合と同じなんじゃないかな」

「あたしと同じって？」

「あこがれだよ。ぼくは奈津美さんにあこがれてたんだ。きれいだって思うだけじゃなくて、弁護士として尊敬もしてたしね」

澄江はにっこり笑ってくれた。

その笑顔を、山根はかわいいと思った。胸の奥から、いとおしさのようなものがこみあげてくる。

「駄目かな、あたしじゃ」

澄江がぽつりとつぶやいた。上目づかいで、山根を見つめてくる。

「駄目なわけないだろう?」

「ほんとに?」

「ぼくだって好きだよ、澄ちゃんのこと。でも、見ていただろう? ぼく、けっこういい加減な男なんだ。気に入った女の人とは、ああいうこともしちゃうし。ほんと言うと、奈津美さんとだって」

「ストップ」

澄江が手をあげて、山根を制した。

「それ以上は言わないで。あたし、わかってるつもりだから」

「過去は問わないってこと?」

「そうよ。あたしにだって、いろいろあったもの。諸岡さんに、一時は本気だったわ。あたしのほうから迫ったことだってあるのよ。抱いてほしいって。でも、とうとうセックスまではしてくれなかった。ほんのちょっとだけ」

「そこまでだ、澄ちゃん。あとは言わなくていい」

今度は山根のほうがストップをかけた。

セックスはしていないまでも、諸岡と澄江の間には、なんらかの性的な接触があったのだろう。妬《や》けないと言えば嘘になるが、それほど気にはならなかった。

「ゼロからってことでいいんじゃないかな、ぼくたち」

「何もないところから出発するってこと？」

「うん。お互いに過去は気にしないで、ここから始めるんだ。ぼくはずいぶん遊んできたし、図々しい提案かもしれないけど」

澄江は首を横に振った。

「ぜんぜん図々しくなんかないよ。でも、ほんとにあたしでいいの？　あたし、ヤキモチ焼きだよ。あなたがほかの女に目をやるだけでも、怒るようになりそうな気がする」

「そこまで妬いてもらえれば、ありがたいくらいさ。きみのほうこそ、ぼくなんかでいいのかい？　もしかしたら、弁護士にはなれないかもしれないよ」

将来に関する大事なことを、山根はさらっと言ってみた。びっくりするかと思ったが、澄江は落ち着いたものだった。

「べつにかまわないよ。山根さんが、一番やりたいことをやればいいんだもの」

「ほんとにそう思う？」

「ええ。でも、あたしはやっぱり弁護士になりたいな。応援してくれる？」

「もちろんだよ。協力できることがあったら、なんでもする」

澄江は立ちあがった。山根のほうへ歩み寄ってくる。

山根も席を立ち、両腕でしっかりと澄江を抱きしめた。唇を重ねる。

ああ、なんなんだろう、この幸福感は。澄ちゃんのこと、もしかしたらずっと前から好きだったんだろうか？

山根は舌を突き出した。澄江の口腔内にもぐり込ませた舌で、澄江の舌を探る。

澄江はまったく抵抗しなかった。ねっとりと舌をからめ合う。

長い長いディープキスを終え、二人はじっと見つめ合った。

「続き、あたしがしてもいい？」

山根はきょとんとした。澄江の言っている意味が、わからなかったのだ。

「続きって？」

「さっき邪魔しちゃったじゃない？　佐知子さんの代わりに、あたしがしてあげたいの」

「えっ？　いやあ、でも」

「お願い、やらせて。あたし、負けたくないのよ」

「だけど澄ちゃん、きみ、まだ」

あたふたしている山根を見て、澄江はくすっと笑った。

「確かにまだセックスの経験はないわ。バージンよ。かなり遅いわよね、もう二十四なんだから。でも、あなたとならなんでもできる。すぐセックスをしたっていいけど、いまは時間がないから」

山根は腕時計を見た。すでに十一時をまわっていた。さすがにベッドで抱き合っているだけの余裕はない。

「ねえ、いいでしょう？　お口でさせてもらっても」

「う、うん。うれしいよ、澄ちゃんがそんなことしてくれるなんて。その前に、ぼくの頼みを聞いてくれるかい？」

「なあに？」

「さわりたいんだ、きみの脚に」

「あたしの、脚に？」

「前からすてきだと思ってたよ、きみの脚。ずっとさわりたかった」

これまで以上に顔を上気させ、澄江はうなずいた。

「いいわよ。さわって、山根さん」

山根は崩れるように、その場にひざまずいた。両手で澄江の足首に触れたあと、そこから上に向かって、手のひらをすべりあげていく。

肌ざわりはなめらかだった。やや筋肉の発達したふくらはぎを通りすぎ、手は間もなくふとももに到達した。豊かな弾力に、山根は陶然となる。

「ああ、澄ちゃん」

澄江の腹部に顔を押しつけながら、山根は手を動かした。いっぱいに広げた手のひらで、すべすべのふとももを撫でまわしていく。

股間は鋭く反応した。肉棒は一瞬のうちに充血し、暴発寸前にまでなった。ズボンの前が、窮屈で仕方がない。

それでも山根は、澄江のふとももから手を放す気にはなれなかった。これまで夢中だった奈津美のことを、思い出したりもしなかった。ひたすら澄江のことだけを考えながら、むっちりしたふとももを撫で続ける。

「ねえ、そろそろあたしにやらせて。時間がなくなっちゃうわ」

澄江から声がかかって、山根はようやく手の動きを止めた。おそらく十分近くは、ふとももにさわっていただろう。

「ごめん、澄ちゃん。つい夢中になっちゃって」

「いいのよ。うれしかったわ、こんなに一生懸命さわってくれて」

山根が立ちあがると、入れ替わりに澄江が床にしゃがみ込んだ。ややぎこちない手つきではあったが、ためらうことなくベルトをゆるめた。ズボンを足首まで引きおろし、ブリーフもずりさげる。

屹立した肉棒を目の前にして、澄江は少し気圧されたようだった。それでも右手を伸ばし、しっかりとペニスを握ってくる。

「すごいわ、山根さん。かちんかちんになってる」

「興奮するとこうなるんだ。いいのかい、澄ちゃん。ほんとに口で？」

山根を見あげ、澄江は小さくうなずいた。朱唇を開き、舌を突き出すと、まずは肉棒の裏側をすっと舐めあげた。

「ううっ、澄ちゃん」

快感の大波が、山根の背筋を脳天に向かって走り抜けた。

何度か縦の愛撫を繰り返してから、澄江はすっぽりとペニスを口に含んだ。ゆっくりと首を前後に振り始める。

ああ、ぼくはいま、澄ちゃんにフェラチオをしてもらってるんだ。

きのうまでなら、信じられない光景だった。だが、これは現実なのだ。いきり立った肉棒を、澄江が口にくわえてくれている。

そう思ったとたん、山根はすさまじいまでの射精感を覚えた。とても我慢できる程度のものではなかった。澄江に予告する間もなく、肉棒が脈動を開始する。

「あっ、駄目だ。ああっ、す、澄ちゃん」

びくん、びくんと震えるペニスの先端から、熱い欲望のエキスが猛然と噴出した。

少しだけ体を震わせ、鼻から小さな悲鳴をもらしたものの、澄江は決して口を放そうとはしなかった。首の動きを止め、白濁液のほとばしりを、じっと受け止めている。

肉棒がおとなしくなってから一分ほどして、ようやく澄江は口を放した。ごくりと音をたてて、口腔内に残った精液を飲みくだす。

山根はその場にしゃがみ込み、澄江の体を抱き寄せた。

「飲んでくれたんだね、澄ちゃん」

「ごめんね。あんまりじょうずじゃなくて」

「いや、すてきだったよ。最高に気持ちよかった」

どちらからともなく、二人は唇を合わせた。

自分の出した精液の匂いがしたが、山根はまったく気にならなかった。

これからぼくは澄ちゃんの恋人なんだ。彼女を守ってやらないと。

澄江を抱きしめる手に、山根はいちだんと力をこめた。

3

佐知子が学生課の知り合いを通して手配してくれたせいなのか、山根と澄江は本部棟の会議室に通された。

待っている二人の前に、学生課長の景山、それに三十代と思われる男女二人が現れた。

ワーキングテーブルを挟んで、三人と二人が向かい合う形になった。

景山以外の二人にも、山根は見覚えがあった。七年前、山根が松見公園事件を起こした当時はまだ二十代だったはずだが、男のほうからは、景山に劣らぬほどの罵声《ばせい》を浴びせられた記憶がある。

山根の顔を見るなり、景山は意外にもソフトな口調で言った。

「きみのことは覚えてるよ。山根くんだったね」

「松見公園の件ではお世話になりました。いろいろとご面倒をおかけしまして」

一応、山根は丁寧に詫びを入れた。ここでひと言くらい皮肉が飛んでくることを覚悟していたが、それは杞憂《きゆう》だった。

「あれからきみもよく頑張って、普通に卒業したようだね。で、いまは？」

「司法試験を目指してはいるんですが、なかなか受からなくて、法律事務所で調査のアルバイトをさせてもらってます」

「そうか。大変な試験だからね。ぜひ頑張ってほしいな」

山根は少し拍子抜けしたが、景山の丁寧な応対はありがたかった。

やりとりを見ていた澄江が、にっこり笑った。

「山根さん、一応、名刺をお渡ししたら？」

「ああ、そうだね」

ここで名刺交換会になった。三十代に見える男は田辺真也《たなべしんや》、女のほうは浅井宏美《あさいひろみ》という名前だった。

「弁護士さんが刺された事件のことは、われわれもうかがってます。ご協力できることがあれば、なんでもするつもりですので」

景山が目配せし、田辺が書類を差し出してきた。

「先ほど理工学部で事務をやってる渡瀬さんからお電話をいただきましたので、こちらでわかる資料は用意しておきました。これが七年前の同期会の出席者です。私たち三人も出ていたんですが、いやあ盛会でしたよ」

印刷された名簿に、山根は目を走らせた。岸井や前川という名前が見えた。全部で七十四人が出席している。

「こういう資料、ずいぶんしっかりと作られてるんですね」

「昔じゃ、こうはいかなかったと思いますが、この二人が入ってから、だいぶ楽になりました。パソコンに強いですからね、彼らは」

「データの整理には、やっぱりパソコンが必要ですか」

山根はさらに資料に目をやった。

「大学側の出席者は書かれていませんけど、この会には、磯貝さんって方も出ていらしたんですよね」

山根の質問に、景山は少しだけ表情を曇《くも》らせた。

「もうじき定年という時期でしたが、会場の設営から手伝ってくださいました。ほんとうに熱心な方でしたよ、磯貝さんは。私たちも、いろいろなことを教えていただきました」

「ここからが本題なんですが、景山さん、三十年以上前の選挙違反のことはお聞きになってますか」

少し驚くのではないか、と山根は思っていたのだが、景山は落ち着いたものだった。

「もちろん存じあげてますよ。起訴はされなかったものの、その件で就職に苦労した学生もけっこういたみたいで、磯貝さん、いろいろ面倒を見ていたようでした。彼がいなくなったあとは、私たちが受け継いだ形になってますが」

「受け継いだ?」

山根は、ハッとしたように声をあげた。

「どういうことですか、受け継いだというのは」

「磯貝さんがやっていらっしゃったアフターケアを、私どもが続けてるんです」

「アフターケアといいますと?」

「例の選挙違反に限らず、問題を起こす学生はたくさんいます」

山根は胸底で、ぺろっと舌を出した。景山にしてみれば、山根も問題を起こした一人ということになるのだろう。

「お恥ずかしい話ですが、万引きなどは、毎年のように起きてます。刑事事件まで発展するケースはまれですが、問題を起こした学生には、やはりアフターケアが必要だと思うんです」

「その後、どうしているかを追うわけですね」

「はい。選挙違反は大きな事件だったようですが、磯貝さんはそれ以外にも、交通事故で相手を死なせてしまった学生だとか、痴漢の濡れ衣を着せられて退学になりかけた学生だとか、多くの人たちのことを心配されていました」

「景山さんたちは、具体的にはどういうことをされるんですか」

「われわれも決して暇というわけではありませんが、気がついたときに電話を入れてみるんです。元気でやっているのがわかれば、すぐに切ります」

「なるほど。しかし、うるさがられることもあるんじゃないですか」

景山は苦笑した。小さくうなずく。

「彼らにとっては、昔の恥を蒸し返されるようなものですからね。中にはわれわれの電話をいやがってる人もいるでしょう」

ここで浅井宏美が、実に不愉快そうにため息をついた。いいですか、と景山に断ってから、目の前の二人に向かって言う。

「磯貝さんは確かに立派な方でした。でも、あたしはこういうアフターケアも、ある程度の期間でやめたがほうがいいと思うんです」

「なぜですか」

「迷惑がる人がいるのは仕方ないですけど、こっちまでいやな気分になりますからね。せっかく心配して電話してるのに、文句を言われたりすると」

「あなたはそういう経験をなさってるわけですか」

「しょっちゅうです。課長はいやがってる人もいる、なんて言い方をされましたけど、実際にはほとんど全員なんです」

「ほう、全員ですか」

苦虫を嚙みつぶしたような顔をして、宏美はうなずいた。

「電話に出るなり、怒鳴られたこともあります。おまえだな、俺を脅迫しようとしてるのは、なんて」

「脅迫？」

「はい。その人のところへ脅しのメールが来たんだそうです。副校長の試験を受ける間際に、昔、選挙違反をやったことが露見すると、試験に悪影響が出るんじゃありませんか、なんて感じのメールが」

そのときの怒りを思い出したのか、宏美の顔が紅潮してきた。

少しあわてたように、横から田辺が彼女の肩を叩いた。

「浅井さん、そういう話はしなくてもいいんじゃないか？」

「あら、どうして？」

「ほら、なんていうか、プライバシーの問題とかもあるし」

田辺は景山と同じくらい、穏やかな口調で言った。

そんな田辺を無視するように、山根は質問を重ねる。

「もしかしたら、寄付を求められたとか言ってませんでしたか、その人」

「ええ、確かそんな話もしてました。別のメールだったそうですけど」

岸井教授と同じだな、と山根はうなずいた。

まだ犯人にたどり着けるだけの自信はなかったが、自分たちが事件の核心に近づいていることだけは、どうやら確かなようだった。

第九章　監　禁

1

ああ、澄ちゃん。

目の前の光景を、山根はうっとりと眺めた。下着姿になった柳瀬澄江が、にっこりとほほえみかけているのだ。

ブラジャーはつけておらず、上半身にはベージュのキャミソールだけをまとっていた。キャミソールの薄い生地ごと、乳房のふくらみがゆさゆさと揺れている。

下半身に目を移せば、刺激はもっと強烈だった。パンティーの下端から伸びた脚は、完璧と言ってもいいラインを描いていた。ふとももはむっちりと量感をたたえ、ふくらはぎのなだらかな曲線の果てにある足首は、きゅっと引き締まっている。

澄ちゃん、こんなにいい体をしてたんだ。まるで奈津美さんみたいだな。いや、もしかしたら奈津美さんよりすてきかもしれない。

股間に血液が集まってくるのを、山根はどうすることもできなかった。ズボンの前が、いっぺんに窮屈になる。

澄江は両手を腰にあてがい、右足を一歩前に踏み出した。モデルが取るようなポーズで、山根を挑発してくる。

たまらないよ、澄ちゃん。ぼく、我慢できなくなってきた。

山根はすっかり欲情してしまったが、ふと疑問を覚えた。こうして澄江と二人きりになった経緯が、なぜかはっきりしないのだ。ここがどこなのかも、よくわからない。立っている澄江の背景が、なんとなくぼやけている。

だが、そんなことはどうでもよかった。自分の前で、澄江が下着姿になっていることだけは事実なのだ。

澄ちゃん、いいの？　きみを抱いても、いいの？

口に出して問いかけてみたつもりだったが、声にはならなかった。澄江の体を前にして緊張しているせいなのか、体全体がこわばった感じがする。

澄江は相変わらずほほえんでいた。白い歯が印象的な笑顔だった。肉厚の唇に、山根はあらためて性感を刺激される。

いいのよ、山根さん。来て。

澄江の唇が動いたわけではないのだが、そんな言葉が聞こえたような気がした。たっぷりとエコーがかかった、実にセクシーな声だった。

ここまで来たら遠慮はいらないだろう、と山根は思った。

澄江の足もとにひざまずき、両手を向こうにまわして、魅惑的なふとももを存分に撫でまわす。そんなシーンが、脳裏にはっきりと浮かんできた。

すでに一度、さわったことがあるだけに、白いふとももの手ざわりを想像すると、山根はいちだんと興奮した。股間のイチモツは、もう暴発寸前というくらいに、いきり立っている。

山根は澄江に近づこうとした。だが、体が動かなかった。ふとももに手を伸ばそうとしても、まったく自由が利かない。後ろ手に縛られているような、不自由さを感じる。

どうしたの、山根さん。ほんとにいいのよ。ほら、あたしが欲しくないの?

また挑発するような澄江の声が聞こえてきた。腰にあった両手を下におろし、ストッキングをはくときのような仕草で、白いふとももを撫でている。

欲しいよ、澄ちゃん。欲しいに決まってるだろう?

必死で叫んだつもりだったが、やはり声にはならなかった。

目の前に澄江の蠱惑的な肉体があるというのに、手を触れることもできない。山根はフラストレーションの塊《かたまり》になった。必死になって両手を動かそうとするのだが、ぴくりともしない。

いったいどうなってるんだ？

焦燥感《しょうそうかん》に駆られる山根に向かって、澄江が首をかしげた。顔からは、いつしか笑みが消えている。

なんだ、欲しくないんだ。せっかくあたしがその気になったのに。もういいわ。

冷ややかな言葉を放ち、澄江はくるっと背を向けた。背後から眺めると、白いふとももが、いちだんと魅力的に見えた。だが、彼女は歩きだした。そのままどんどん遠ざかっていってしまう。

待ってくれ、澄ちゃん。欲しいよ。ぼくはきみが欲しいんだ。

声にならない声で、山根は叫んだ。

次の瞬間、山根はハッとしたように目を覚ました。どうやら夢を見ていたらしい。

苦笑した次の瞬間、現実に気づかされた。猿ぐつわをかまされているのだ。夢で感じたように、両手は後ろで縛られていて、まったく動かすことができない。

山根の脳裏に、徐々に記憶がよみがえってきた。

大学本部棟の会議室で景山たちと話したあと、三十年以上前、岸井たちが関わった選挙違反事件関連の資料を見たいと山根が言うと、それなら倉庫に書類が残っているはずだと言って、景山と田辺の二人が、地下へと案内してくれたのだ。

もしかして、あのコーヒーの中に？

山根は思い出した。倉庫に入ってしばらくすると、田辺が缶コーヒーを持ってきたのだ。そういえば、あのコーヒーを口にして、少し味が変だと思ったところで記憶が途切れている。おそらく睡眠薬か何かが入っていたのだろう。

やられたな。

舌打ちしたい気分だったが、猿ぐつわをされた状態では、その舌打ちさえ、うまくできそうになかった。

山根はプルを引いて缶を開けたし、前もって開けられた形跡はなかったように思うが、たとえば底に錐《きり》で穴を開けて薬を流し込み、ガムテープで留めておくという程度の方法でも、睡眠薬入りのコーヒーは完成してしまう。

怪しい相手に出されたものを黙って飲んだところに、山根の甘さがあった。大いに反省しなければならない。

もう一度、舌打ちしたくなったところで、五メートルほど先に澄江が倒れているのが見えた。同じように、薬で眠らされたのだろう。彼女はまだ目覚めていない。

スカートの裾が乱れて、白いふとももが剝き出しになっていた。こんな状況にもかかわらず、山根の股間は反応してしまった。ペニスが鎌首をもたげてくる。まったく、どうしようもない男だな、ぼくは。澄ちゃんを守れなかったっていうのに。山根は必死で手を動かしてみた。相当にきつく縛られているようで、ぴくりともしない。猿ぐつわのほうは、ものを噛むように口を動かしていると、ややゆるんでくる気配があった。根気よく続けていれば、なんとかはずれそうだ。

手のほうも、休ませてはいなかった。ロープをゆるめようとしているうちに、手首に激痛が走った。ロープが食い込んで、血が出てきたようなのだ。

痛みはひどかったが、血が出たことで、なんとなくすべりがよくなったらしく、少しだけ手首が自由になった。

すべり？

この言葉を考えたとたん、山根の頭にひらめくものがあった。乳液だ。ホテルの部屋で佐知子が渡してくれたのだ。ズボンのポケットに入っているはずだ。

あれを塗れば、もっとすべりがよくなる。指先が自由になれば、ロープをほどくことも可能に違いない。

そこまで考えはしたものの、一人では無理だった。だが、二人ならなんとかなりそうな気がした。だいたい、ズボンのポケットに入っている乳液の瓶を取り出すことだって、自分だけではできそうもないのだ。

「ふみはん」

山根は必死で声を出してみた。「澄ちゃん」と言ったつもりだったが、とてもそうは聞こえなかった。さらに口を動かして、猿ぐつわを徐々にゆるめていく。

十分近く格闘し、どうにか猿ぐつわをはずすことに成功した。

「澄ちゃん、大丈夫かい？　澄ちゃん」

今度は、はっきりとした言葉になった。

小さくうめいて、澄江が目を開けた。一瞬のうちに、澄江は現状を理解したようだった。真剣な表情で山根を見つめてくる。

「よく聞いてくれ、澄ちゃん。ぼくたち、薬を飲まされたみたいなんだ」

澄江はうなずいた。

「口を動かしてたら、猿ぐつわはなんとかはずれた。手のほうはきつく縛られてて、簡単にはほどけそうもないんだ。でも、いま手首に血が出たら、少しすべるようになった。これを、もう少しすべるようにしたい。指が動くようになれば、ロープもほどけるから。ぼくのズボンのポケットに乳液が入ってるんだけど、澄ちゃんが出してくれないかな」

なんであなたが乳液なんか持ってるの？

　口が利けたら、澄江からそんな質問が飛んできそうだったが、いまはそれどころではないことが澄江にもわかっているようだった。這いずるようにして、山根のほうへ近づいてくる。

「右のポケットだ、澄ちゃん」

　澄江だって後ろ手に縛られているのだから、相当にきつい体勢のはずだった。それでも、体をうまく密着させてきた。ほっそりした指先が、山根のズボンのポケットにもぐり込んでくる。

　山根はどきっとした。もう少し深く指が入ってくれれば、ブリーフやポケットの生地越しとはいえ、澄江の手がペニスに触れてしまいそうなのだ。

だが、もちろんそうはならなかった。澄江はなんとか乳液の小瓶を指先でつまむことに成功した。

「背中合わせになるんだ、澄ちゃん。きみが瓶を持ってくれたら、ぼくが蓋をまわす」

　澄江は首肯し、また何分かをかけて、山根と背中合わせに座った。

　これも相当に面倒な作業だったが、山根は瓶の蓋をつまんだ。いらいらするほどゆっくりとまわしていく。

「よし、取れた。澄ちゃん、それをぼくの手首に垂らしてくれるかい？　ぎゅっと縛られてる部分に」

見ることができないので、なかなか難しかったが、それでもなんとか、澄江は山根の手首に乳液を垂らすことに成功した。傷にしみるが、冷たい感触が、手首に心地よい。

「やった。すべるようになったよ、澄ちゃん。少しは手首が動くし、これなら指先も使えそうだ。もっと寄ってくれるかい？　まずきみのロープをほどいてみるから」

背中合わせのまま、澄江は縛られた手を山根のほうへ突き出した。

かなり長い時間がかかったものの、ついに山根はロープをほどくことに成功した。

澄江は手首をこすったあと、自分で猿ぐつわをはずした。

「山根さん、大丈夫？」

今度は澄江が山根のロープをゆるめた。山根の手に自由が戻ってくる。

「ああ、澄ちゃん」

「山根さん」

二人はごく自然に抱き合い、唇を合わせた。

しかし、甘いムードにひたっている場合ではなかった。

唇を放すと、山根はまず腕時計を見た。間もなく五時になるところだった。三時間近くも眠らされていたことになる。

続いて上着のポケットを探った。携帯電話が残されているのがわかり、ほっと胸を撫でおろした。

「どうするの？　だれかに助けに来てもらう？」

澄江が心配そうに尋ねてきた。

少し考えてから、山根は新都心署の刑事、戸田にかけた。きのう会ったとき、あと一日はこちらにいるだろうと言っていたのだ。

一回のコールで、戸田が出た。

「戸田さんですか？　ジュンです」

「ああ、きみか。どうした？」

「すみません。実は監禁されてまして」

「監禁だって？」

戸田が言ったとき、突然、がちゃっと音がした。倉庫の鍵が開いたのだ。

山根はとっさに携帯電話をポケットに落とし込んだ。もちろん、通話状態のままだ。

あうんの呼吸で、山根と澄江は形だけ、猿ぐつわをはめ直した。後ろに手をまわし、ロープをつかむような感じで床に横たわる。

やがて、複数の足音が近づいてきた。

2

「まったく、冗談じゃないわ。こんな面倒なことになるなんて」

山根はハッとなった。当然、景山と田辺の二人が来るものと思っていたのだが、聞こえてきたのは女の声だった。しかも、確かに聞き覚えがある声だ。

「仕方がないじゃないですか、お嬢様。こいつらは、われわれがやってきたことに気づきかけてるんです。このまま放っておいたら、お嬢様の身にも何が起こるかわかりません」

今度は景山の声がした。いやに丁寧な口調で喋っている。

お嬢様だって？

そう考えたとたん、山根は思い出した。最初に喋った女は、岸井の研究室にいた、助手の新島沙織だ。

自己紹介をしたとき以外は、確か一回しか発言しなかったはずだが、印象に残る声だった。会った瞬間にその美しさに魅せられた女性だから、余計に覚えているのかもしれなかった。

「お嬢様、お薬のほうは？」

「ちゃんと用意してきたわ、筋弛緩剤《しかん》。よかったわ、取っておいて。こんなこともあろうかと思って、父のいる病院でくすねておいたの。これを注射して、あとはどこかに放置しておけば、自然に死んでくれるはずよ」

目を閉じて話を聞きながら、山根は震えあがった。筋弛緩剤を使った殺人事件のニュースを、見た覚えがあったからだ。

「注射は先生にしていただきますよ」

ここで初めて田辺の声が聞こえた。景山ほどの丁重さはないが、年下の沙織に向かって、やはり敬語を使っている。

「何を言ってるのよ。面倒を起こしたのはあなたでしょう？　薬を用意するだけだって、こっちは苦労してるのよ。病院から、黙って持ち出してきたんだから」

「勘違いしてもらっちゃ困るな、先生。もともとは先生が始めたことじゃないですか。お祖父さんを退職に追いやった連中を、とっちめてやりたいっておっしゃるから」

「ええ、そのとおりよ。岸井みたいな、ばか学生たちが選挙違反なんか起こさなければ、祖父はあのままここの学長にとどまって、大改革をやっていたはずなんだもの」

「そのお話は、もううかがってますから」

「いいえ、何度でも言わせてもらうわ。学部時代、あたしがどんな気持ちで岸井の授業に出ていたか、わかってるの？　顔を合わせるたびに、殺してやりたいって思ったわ」

学長？　大改革？

沙織の言葉を聞いているうちに、山根の頭の中が少し整理されてきた。選挙違反について、村井が調べてくれたことが頭の中によみがえってきたのだ。

警察の取り調べを受けた学生は三百人にのぼり、最終的には全員が起訴されずに済んだものの、事件の責任を取って学長が辞任していたはずだ。

そうか。新島沙織は、当時の学長の孫ってことか。

辞任した学長の名前までは記憶していなかったが、どうやらそういうことのようだった。いささか大時代的ではあるものの、祖父の遺恨《いこん》を晴らすために、沙織が今回の事件全般を仕組んだということになるのだろうか。

だけど、孫をお嬢様なんて呼ぶか？

山根はそんな疑問を感じたが、お孫様などという呼び方はないから、それも仕方のないことなのかもしれない、と納得した。

「田辺さん、あなたにわかる？　祖父は学部制度そのものをなくそうとしていたの。ほんとうの大学改革よ」

「わかりませんよ、そんなこと」

「専門の医学部や芸術学部は仕方がないから残すとして、あとは理系も文系もなく、T大全体として、毎年四千人を合格させるの」

「理系も文系もなく？」

「そうよ。十八や十九で、将来まで決めてしまうことには無理があるでしょう？　入学した学生には、いろんな選択肢を残してやるのよ。優秀な学生には飛び級だってさせる。祖父の考えは、ほとんどの教授たちの賛同を得ていたんだから」

「私はあとでうかがったことですが、すばらしい計画でしたよ、お嬢様。T大の初代学長として、お祖父様は日本の教育そのものを変えようとなさっていたんです」

影山は絶賛したが、山根は内心で首をかしげた。学部をなくすことがどんな改革になるのか、理解に苦しむ。

「ああ、思い出したら、また腹が立ってきたわ。祖父だけじゃない。父だって、あの選挙違反のおかげで迷惑したんだから」

「そうでしたね。あの当時、お父様は東京の大学の医学部を卒業されたところだった。T大付属病院で研修医をなさるはずだったことは、私もうかがってます」

「祖父が辞任しなければね。父も張り切ってたらしいわ。医学部のほうの改革では、自分も力を発揮できるんじゃないかって。結局、二人とも落ちぶれてしまったものね。祖父は引退。父も大病院の養子に入るはずが、普通の勤務医になったわけだし」

聞いていて、山根は苦笑した。沙織の祖父が学長を辞任しなければならなかったことには同情するが、養子の話など、もともと水ものなのだ。だいいち、沙織の父が養子に入っていたら、沙織は生まれなかったことになる。

ここで深いため息が聞こえた。田辺のものだ。

「いい加減にしてくださいよ、二人とも。先生のお祖父さんやお父さんがどんなに立派だろうと、そんなこと、俺には関係ありません。先生が復讐したいって言うから、手伝っただけじゃないですか」

「ふん、よく言うわね。あたしはきちんとお礼をしたのに、欲を出したあなたが悪いんでしょう？　脅すだけで充分なのに、寄付金とかいってお金を取るなんて」

「あんなもの、オマケですよ。全部合わせたって、百万にもなりゃしない」

「金額の問題じゃないわ。だいたい、口座に振り込ませるならともかく、実際にお金を取りに行くっていう神経がわからないわ」

「よしてくださいよ。そんなの、たった一度じゃないですか」

「その一度が問題なんじゃないの。そこから女弁護士に身元を突き止められたくせに」

奈津美が恐喝者の存在にたどり着いた経緯が、これで明らかになった。

「ぐちゃぐちゃ言わないでください。俺のせいじゃない。脅されて自殺するばかまで出てきたから、今回みたいなことになったんだ」

「脅しすぎたんじゃないの？　殺人教唆のことは特に」

「何を言ってるんですか？　飲み会で冗談を言っただけで、殺人教唆になんか、なるわけないじゃないですか。あいつらは勝手に悩んで、勝手に死んだんです。磯貝さんの事故だって、調べれば単なるひき逃げだってことが、すぐわかるはずなんだから」

「でも、あなたはときどきやりすぎるのよ。気をつけてもらわないと」

「もうやめてください。結局は先生の責任じゃないですか。俺だけが危ない橋を渡るなんて、もうごめんですよ。女弁護士を刺しただけでも、バレたら殺人罪に問われるっていうのに」

やっぱりこいつが奈津美さんを刺したんだ。許せない。絶対に許せない。

山根の胸に、ふつふつと怒りが湧いてきた。できれば立ちあがって、田辺を殴りつけてやりたいところだったが、タイミングが難しそうだった。へたをすると、簡単に返り討ちに遭ってしまいそうだ。

「あたしは殺せなんて言ってないわ。あの女弁護士を黙らせる方法を考えろって言っただけよ」

「同じことでしょう。ほかにどうすればよかったって言うんですか」

「まあ、仕方がない面もあったかもしれないわね。だけど、あなたは結局、殺すこともできなかったじゃないの。まだ重体のままだっていうけど、もしあの女の意識が戻ったら、どうするつもり？」

「そ、そんなこと言われたって」

「まあまあ、二人とも、落ち着いてくださいよ」

喧嘩《けんか》を始めた二人を、景山がとりなした。

「心配するな、田辺。責任は私ときみで折半だ。今回の注射は私がするよ」

「折半？　どういうことですか、課長。本来なら先生が責任の八割くらいを取るべきでしょう。ほんとうに殺人教唆の罪に問われるべきなのは先生なんだから」

どんどん真相が明らかになっていくのを、山根はむかむかしながら聞いていた。

沙織は選挙違反を犯した岸井たちを恨んでいた。そのせいで学長を辞任することになった祖父の復讐のために、彼らの追い落としにかかった。

ここまでは理解できないこともない。

山根に言わせれば、田辺を巻き込んだのが間違いだった。景山としては、信頼のおける部下だからこそ使ったのだろうが、強欲な田辺はその復讐劇を利用して、脅した相手から金をまきあげようとしたらしいのだ。

「ばかなことを言うな、田辺。この大学にとって、お嬢様は大事な存在なんだ。貴重な才能を、こんなことで埋もれさせてどうするんだ？」

　相変わらず、景山は沙織に忠実だった。

「そりゃあ、課長は確かにお世話になったんでしょうよ、先生のお祖父さんに」

「私だけじゃない。私の父も厄介をかけたんだ。父は別の学校だったが、こうして二代にわたって大学職員を続けていられるのも、すべて先生のお祖父様のおかげなんだ」

「だから、それは課長の問題でしょう？　俺にはなんの関係もない。これからまた三人も殺して、責任を課長と折半だなんて、冗談じゃないですよ」

「バレなきゃいいんでしょう？」

　これ以上は無理というくらいに冷たい声で、沙織が言った。

「田辺さんがくだらないこと言うから、あたしも熱くなりすぎたわ。もっと冷静になりましょうよ。ちゃんと処理すれば、警察にバレることはない。違う？」

「そのとおりです、お嬢様。注射は私がします。夜になったら運び出して、山の中にでも放置してきますよ。こいつらさえいなくなれば、もう問題はないはずです」

景山は、相変わらず丁寧な口調だった。殺人を犯してもいいと思っているくらいだから、沙織の祖父に対して、並々ならぬ恩義を感じているのだろう。

「どうしますか、お嬢様。注射、すぐにしたほうがいいでしょうか」

「いいえ、運び出す直前にしましょう。この人たち、まだしばらくは眠り続けてるはずだから。たぶん八時ぐらいまでは」

コーヒーを全部飲んだと思ってるんだな、こいつ。

山根は内心で笑った。味が変だと思った時点で、彼は飲むのをやめたのだ。それでも三時間も眠らされたのだから、相当に強い薬だったに違いない。

「八時ですか。ちょうどいい時間ですね。そのくらいになれば、本部棟にはほとんどだれもいなくなる。荷物用のカートを使って、私と田辺の二人で運び出しますよ」

「そうしてちょうだい」

景山に対して、沙織はまるで女王のような口の利き方だった。自分が望めば景山がなんでもしてくれると、信じきっているらしい。

「そうだわ。いい機会だから、もれがないかどうか、きっちり点検しておきましょうよ。この二人がいなくなれば、それでほんとうに大丈夫なのかどうか」

「私もそれを考えてました。ちょっと関係者が増えすぎましたからね。立ったままではなんですから、座りませんか、お嬢様」

そのあと、がたがたという音が聞こえだした。倉庫の隅に置かれていたパイプ椅子を広げて、三人は腰をおろしたらしい。

3

「まず気になるのは物理の菊池先生ね。田辺さん、岸井を学部長選から辞退させるとか言って、菊池先生からもお金を取ったんでしょう？」

沙織の田辺に対する口調は、常にどことなく敵意を帯びているように、山根には聞こえた。景山のように従順ではなく、田辺が自分の利益も考えて行動しているせいだろう。

「あれこそ、まさにオマケですよ、先生。学部長の椅子を射止めたっていうのに、礼金はたったの十万ですからね」

「その考えが危ないのよ。十万円が命取りになることだってあるんだから」

「心配いりませんよ。せっかく学部長になれることが確定したんです。裏で俺の力を借りたなんてこと、あの先生は口が裂けたって言うわけがありません」

「私も菊池先生は大丈夫だと思いますよ、お嬢様。たとえ私と田辺が捕まったとしても、彼はとぼけるでしょう。田辺だって、わざわざ罪を増やすような自供《じきょう》はしませんしね」

景山が言い終わるか終わらないかというちに、田辺の怒声が飛ぶ。

「ちょっと待ってくださいよ、課長。それじゃ、まるで俺たちが捕まる前提で話をしているみたいじゃないですか。だったら、これ以上、殺しなんかやるのは無意味ですよ。自首したほうが、まじって気がしてくるなあ」

「ばかなことを言うな、田辺。たとえばの話じゃないか。万一、私たちが捕まった場合でも、お嬢様を傷つけるわけにはいかないんだ。いまはそのための方法を話し合ってるんじゃないか」

また田辺のため息が聞こえた。景山の沙織に対する忠誠ぶりに、嫌気がさしているのだろう。

「菊池先生はいいとして、あと問題になる人はいる?」

「浅井はどうですか? 彼女、ちょっと危ない感じですよ。選挙違反関係の人にもよく電話してるし、さっきも話が出ましたけど、とうとう俺が脅しのメールを入れた人間にも当たってしまったみたいだから」

田辺が同僚の名前を出した。電話をしたら怒鳴られたと言って、憤慨していた女性の顔を、山根は思い出す。

「彼女は大丈夫だろう。一応、私の管轄下《かんかつ》にいるわけだし」

「ううん、駄目よ、景山さん。危険な要素は、早いうちに取り除いておかないと」

景山の言葉は、沙織のひと言であっさり却下《きゃっか》された。

「その浅井って女事務員も、この人たちと一緒に始末してもいいくらいよ。いまどこにいるの？」

「きょうは定時で帰りました」

「うちは？　田辺さん、彼女のうち、知ってるんでしょ？」

「ええ、一応は。でも、実家から通ってますからね。これから行って連れてくるのは、ちょっと無理があるなあ」

これ以上、まだ人を殺す気か？　冗談じゃないな、まったく。

筋弛緩剤を打たれるかもしれないという恐怖心は続いているものの、山根はすっかり呆れてしまった。ますます怒りが強くなっている。

「彼女のことは、少し様子を見ることにしましょう。ほかにはどう？　田辺さんが脅しをかけていた、選挙違反関係者とか」

「そっちはたぶん大丈夫です」

「たぶんじゃ困るのよ、田辺さん。あなたがやったことは、間違いなく恐喝なんだから。

だから」

「よく言ってくれますね。とばっちりを受けてるのは、こっちじゃないですか。先生の復讐に関わらなければ、俺だって脅して金を取ろうなんてこと、考えもしなかったはずなんだから」

どこまで行っても、この二人は合いそうもなかった。

今度は沙織が憤然としたように言う。

「いい加減にしなさいよ、田辺さん。いったい何が気に入らないの？」

「気に入らないって、俺はべつに」

「あたしはそんなつもりはなかったけど、あなたがこれは金も取れるかもしれないなんて言いだしたから、そのとおりにさせてあげたんじゃないの。あたしからも、ちゃんとお礼のお金を持っていったくせに」

「ふん、金だけじゃね」

「えっ、どういうこと？」

ほんのつかの間、沈黙が流れた。

その場の空気を察したかのように、景山が口を挟む。

「私は奥へ行ってます。この倉庫は広いですからね。お二人で、納得がいくまで話し合ってください」

椅子から立ちあがる音がして、靴音が倉庫の奥のほうへと消えていった。

待っていたように、沙織が言う。

「ちゃんと話して、田辺さん。お金だけじゃ不服だってこと？」

「当たり前じゃないですか。もう忘れちゃったんですか、先生」

「忘れたって、何を？」

「あーあ、これだから女は信用できないんだ」

田辺は舌打ちをした。

沙織のほうは、ほんとうになんの話かわからないらしい。

「最初、岸井を追い落とす件で俺に声をかけてくれたとき、先生、ご自分が何をしたか、覚えてないんですか」

「えっ？　あっ、あれは、その」

これまで堂々としていた沙織が、急にあたふたし始めた。何か思い当たることがあったのだろう。

「あのときのこと、俺は一日だって忘れたことがない」

「そうなの？」

「忘れられるわけ、ないじゃないですか。お願いね、って言って、先生は俺を抱きしめてくれた。俺が胸にさわったら、いまは駄目、って拒絶されましたけどね。いまは駄目でも、いつかはきっと許してくれる。俺はずっと期待してましたよ」

聞きながら、山根はまた内心で苦笑してしまった。どうやら田辺は沙織を抱きたいらしいのだ。なかなか思いどおりにならないため、駄々をこねていたということらしい。

唐突に、雰囲気が妖しいものになった。

「ふふっ、ばかね、田辺さん。それでつむじを曲げてたわけ?」

「そ、そういうわけじゃ」

「ちゃんと言ってくれたらよかったのに」

目を閉じている山根にも、田辺が発する緊張感のようなものが伝わってきた。

「言ったら、許してくれたんですか」

「もちろんよ。だけど、いいの? あなたにはかわいい奥さんがいるんでしょう?」

「関係ありませんよ、女房なんて。先生とは比較にもならない」

「悪い人ね。でも、あたしも嫌いじゃなかったわ、あなたのこと。いちいちあたしに文句をつけてくるから、ちょっといやになりかけてたけど」

「もう文句なんか言いませんよ。俺、ずっと先生に夢中だった。七年前、先生がこの学校へ入学してきて、景山さんに紹介されたときから、ずっと」

二人が立ちあがり、抱き合ったことが、山根にはよくわかった。くちづけを交わす音が、しっかりと伝わってくる。

もう充分だろう。三人の話はちゃんと聞いたし、いまなら油断してるから、二人とも簡単に倒せるかもしれない。

山根はそう思ったが、なかなか決断できなかった。澄江がいるからだ。山根がかかっていって田辺に返り討ちにされた場合、間違いなく澄江の身にも危険が及ぶ。

山根が逡巡しているうちに、二人のラブシーンは進んでいた。眠ったふりをしている澄江も、これを聞かされているのだ。なんとかしてやりたいが、まだ勇気が湧いてこない。

「お願いです、先生。ちょっとだけ、おっぱいに」

田辺が差し迫った口調で言った。

「ああん、駄目よ。景山さんもいるのに」

「課長は気を利かせて、奥へ行ってくれたんじゃないですか。お願いです、先生。ほんのちょっとでいいから」

「ふふっ、しょうがないわね、まったく。おっぱいにさわるだけよ」

澄江のことを気にかけながらも、山根は好奇心を刺激された。薄目を開けてみる。

白衣の前を開いた沙織が、ブラウスのボタンをはずしているところだった。薄いピンクのブラジャーが、豊かなふくらみを重そうに支えている。

沙織は田辺の右手を取り、自らの乳房へと導いた。

ブラジャーのカップの中に、田辺の手のひらがもぐり込んでいく。

「ああ、先生」

「気持ちいい？」

「そんなの通り越してます。た、たまりませんよ、先生」

田辺は右手に力をこめたようだった。ごく自然に、体全体を沙織に押しつけていく。

「ああ、わかるわ、田辺さん。あなたの硬いのが、あたしの体に当たってくる」

「だ、駄目だ、先生。俺、我慢できない」

「いいわ。セックスは無理だけど、ここで出してあげる」

田辺の手を乳房からはずし、沙織は床にひざまずいた。慣れた手つきでベルトをゆるめ、あっさりとズボンを引きおろした。トランクスの前の部分は、完全にテントを張った状態になっている。

沙織は躊躇することなく、トランクスもずりさげた。やや黒ずんだペニスが、下腹部に貼りついた形であらわになる。

右手を伸ばした沙織は、しっかりと肉棒を握った。張りつめた亀頭の先を自分のほうへ向け直し、そこに向かって顔を近づけていく。

ちょうどそのとき、異変が起きた。がちゃがちゃとドアノブをまわす音がしたあと、だれかがどんどんと扉を叩きだしたのだ。

「開けなさい。いるんだろう？　さっさと開けるんだ」

その声に、山根は聞き覚えがあった。新都心署の戸田刑事だ。携帯電話の発信場所を突き止めてくれたのだろう。

うろたえた様子で、沙織は立ちあがった。

田辺もあわてふためいて、おろされていたトランクスとズボンを引きあげた。

倉庫の奥のほうから、景山が駆け戻ってきた。ひそひそ声でささやく。

「大丈夫だ、田辺。鍵は三本とも、ここに私が持ってる。向こうから開けることはできないんだ。静かにしていれば、そのうち行ってしまうだろう」

景山の言葉に田辺と沙織がうなずいたとき、勇気を振り絞って山根が立ちあがった。

「そうはいかないよ、景山さん。もう観念したほうがいいな」

すでに見せかけの猿ぐつわははずしていた。両手も自由だ。

澄江も立ちあがった。山根と並んで身構える。

「き、きみたちは、目覚めていたのか」

「全部、聞かせてもらいましたよ。解決までには、まだだいぶ時間がかかると思ってたんです。まさかこんなに早く真相が明らかになるとはね」

自分でも意外なほど、山根の声は落ち着いていた。ドアの外まで戸田が来てくれているのがわかって、それが自信につながったのだ。

「この野郎、ふざけやがって」

鬼のような形相をして、田辺が殴りかかってきた。

山根は必死で体をかわした。そうするのが精一杯だった。なんとか田辺の手を逃れながら、澄江に声をかける。

「ドアを開けるんだ、澄ちゃん。外に刑事さんが来てる」

うなずいた澄江は、扉に向かって駆けだした。あわてた様子で沙織が追いかけたが、澄江のほうが先に到達した。ロックを解除する。

扉が開くなり、戸田と兼松が走り込んできた。

「どうなってるんですか、山根さん。こいつらが犯人なんですか」

尋ねてきたのは兼松だった。あの嫌味なイメージは、いまはまったく感じられない。

田辺は状況が理解できないかのように、呆然と立ちつくしていた。

戸田はその腕を取り、しっかりと手錠をかけた。

「ちょっと待ってください、兼松さん。あと十秒だけ、何も見なかったことにしてもらえると、ありがたいんだけどな」

言うなり山根は、戸田につかまった田辺の襟首《えりくび》をつかんだ。そしてその顔面に、思いきりパンチを送り込んだ。

第十章　達　成

1

「手、だいぶ痛むのか？」

電話の向こうから村井に問いかけられ、山根は苦笑した。右手の指を二本、骨折していた。慣れないことをするものではない。田辺を殴ったときに折れたのだ。ギプスで固定されたうえに、包帯をぐるぐる巻きにされている。

「確かに痛いですけど、痛快の痛の字ですね。あいつを殴って、すっきりしました」

痛みをこらえ、山根は強がりを言った。奈津美を刺した田辺を、どうしても許すことができず、警官二人がいる前で、山根は彼にパンチを食らわしたのだ。いくら監禁されていたとはいえ、暴行罪だぞ、と刑事の兼松が脅してきたが、顔は笑っていた。

その後、大学病院で検査と治療を受けたあと、すんなり解放された。兼松と戸田からは、いずれあらためて事情を聞きたいと言われている。

山根は東京へ向かう電車の中だった。すでに十一時をまわっていて、終点まで行く列車はこれが最後だ。ほかにはほとんど客は乗っていない。

しかし、まさか一人で帰ることになるとはな。

胸の内で、山根は愚痴った。できれば澄江と一緒に帰りたかったのだ。

監禁時に縛られていたせいで、澄江も手首に裂傷を負っていた。ところが、その治療が済むと、澄江は山根を残して、さっさと東京へ帰ってしまった。

山根としては、肩すかしを食ったような気分だった。お互いに告白し合い、これから付き合っていこうと決めたのだ。待っていてくれてもよかったのに、という気持ちが、どうしても湧いてきてしまう。

澄ちゃんと一緒なら、短くても楽しい旅だったはずなのにな。

デッキで電話をかけながら、山根は胸底でまた愚痴った。

「指の骨折程度で済んだんだから、まあ御の字だな。おまえのパンチが弱かったのが幸いしたんだろう」

「えっ？　ぼくのパンチ、弱かったんでしょうか」

「強かったら、そんなもんじゃ済まねえよ。複雑骨折ぐらいはしてるはずだ」

かつてボクシングをやっていたという村井が言うのだから、たぶん事実なのだろう。

弱いに決まってるよな。人を殴ったのなんて、生まれて初めてなんだから。

山根は左手で、そっと右手を撫でてみた。ずきんという痛みが走り、顔をしかめる。

「これで当分、おまえも悪いことはできないな」

「なんですか、村井さん。悪いことって」

「俺が知らないとでも思ってるのか？　ずいぶんいろいろ遊んできたみたいじゃないか、向こうで」

「あっ、いや、それは」

「べつにかまわねえよ。俺だって、おまえぐらいのときは遊び放題だった。それより、佐知子に会えたのは、おまえにとって幸運だったんじゃないか？」

この二日間、山根がT市でしてきたことが、村井にはすべてお見通しのようだった。彼が昔、付き合っていた佐知子に、ももずりまでしてもらってきた山根としては、どうしても後ろめたさを感じてしまう。

「なんとか言えよ、ジュン。佐知子と会えて、よかっただろう？」

「え、ええ。彼女、すてきな人でした。か、体のほうも」

何か言わなければと思い、山根は必死で言葉を絞り出したのだが、村井はげらげら笑いだした。

「ばかか、おまえ。そんなこと聞いてるんじゃねえよ」

「いや、でも、佐知子さんとぼくは、その」

「佐知子もおまえも立派な大人だ。二人で何をしようと俺の知ったことじゃない。俺が言いたいのは澄ちゃんのことだよ。おまえ、澄ちゃんと付き合うことに決めたんだろう？」

「はい、そのつもりです」

「それって、佐知子のおかげなんじゃないのか？」

山根はハッとなった。そういえば澄江はカフェテリアで、佐知子といろいろ話していたようだった。そうした経緯があったからこそ、佐知子のあとを追いかけて、澄江は山根のいる大学会館のホテルまでやってきたのだ。

「佐知子は見抜いたんだよ。澄ちゃんはおまえのことが好きだってな。迎えに行った車の中で、あいつはもう気づいたんだそうだ。澄ちゃん、おまえのことばかり話してたんだってよ」

「そうだったんですか」

「すごく心配してたらしいぞ。たった二日、留守にしただけなのにな。こりゃあまるで奥さんみたいだって、佐知子も呆れてたよ」

澄江がそこまで思ってくれていたと知り、山根は胸が熱くなった。いますぐにでも澄江に会いたくなる。

「そっちへ出かける前に、澄ちゃん、俺にも少しだけ相談してくれてたんだ。おまえのことをな」

「ぼくはこんな状態ですからね。澄ちゃんも不安なんだろうな、ぼくと付き合うのが」

ここで村井がふたたび笑った。

「ジュン、おまえ、どうしようもないやつだな。澄ちゃんがその程度の女だと思ってるのか?」

「だって、いま村井さんが言ったんじゃないですか。ぼくのことで、澄ちゃんから相談されたって」

「ああ、されたよ。わたしは山根さんのことが好きで仕方がない。でも、もしいまわたしが山根さんと付き合ったら、彼の迷惑になるんじゃないか。彼女、そんなふうに言ってたんだ」

「迷惑? どういうことですか、村井さん。どうして彼女がぼくの迷惑なんかに」

「知るかよ、そんなこと。ただ、澄ちゃんはそういうふうに思ってるわけだ。いないぞ。おまえみたいな男のために、そこまで考えてくれる女の子は」

確かにそうかもしれない、と山根は納得した。自分のことよりも、まず他人のことを考える。澄江はそんな女性なのだ。

　それにしても、村井の声は聞こえにくかった。電車の中からかけているのだから電波が悪いのはわかるが、ときおりおかしな雑音も混じる。

「村井さん、いまどこにいるんですか」

「車の中だよ。これから大事な用事があってな。あっ、ちょっと待て。キャッチホンだ」

　村井の声が途切れ、軽やかなメロディーが流れだした。

　山根の脳裏に、澄江の顔が浮かんできた。いとおしさで、胸がいっぱいになった。同時に、股間もすっかり熱くなってしまう。

　早く会いたい。澄ちゃんに会いたい。今夜は無理だろうけど、あしたは必ず会おう。アパートに戻ったら、電話しておくかな。

　澄江のことを考えているうちに、村井の声が戻ってきた。

「いまモロと話した。奈津美ちゃん、まだ意識は戻らないようだが、一般病室に移ったそうだ」

「大丈夫なんですか、そんなことして」

「病院の医者がやってることだ。信用するしかねえだろう」

「一般病室ってことは、面会できるんですか」

「いや、まだ親族のみだ。お母さんとモロが付き添ってるらしい」

憔悴した諸岡の顔を、山根は思い出した。もちろん山根にもショックだったが、奈津美が刺されて一番つらかったのは、諸岡だったに違いない。

「おまえ、腹が減ってるだろう」

「ああ、そういえば」

考えてみたら、昼から何も食べていなかった。監禁から解放されたあと、すぐに病院で治療を受けたため、空腹であることを思い出す暇さえなかったのだ。

「何も食わないで帰ってこいって、沙絵子からの伝言だ」

「沙絵子さんから？　それって、彼女が何か作ってくれるって意味ですか」

「さあ、どうかな」

「悪いですよ、そんなの。ぼく、ちゃんと家に帰ります。近くにコンビニだってあるし」

村井と沙絵子は西新宿のマンションに住んでいる。

山根も招待されたことがあるし、行ってみたい気はやまやまだったが、時間を考えると少し抵抗があった。着くころには、間違いなく日付が変わっている。

「村井さん、時間が遅すぎますよ、きょうは。またあらためて」

「もう無理だよ、ジュン。言っただろう？　これは俺の意思じゃない。沙絵子からの伝言なんだ。俺が取り消すわけにはいかねえよ。俺の顔を立てて、沙絵子の言うことを聞いてやってくれ。なっ、ジュン。おまえが東京に着くころに、また電話を入れるから」

ここまで言われては、山根も承諾せざるを得なかった。

電話を切ってから二十分ほどで、電車は秋葉原の駅にすべり込んだ。地下の深いところに作られた駅だから、長いエスカレーターをのぼっていくことになる。

改札を出て地上にあがったところで、山根は唖然とした。にっこり笑いながら、沙絵子が近づいてきたからだ。

「お疲れ様、ジュンくん」

「ど、どうも」

「事件解決、おめでとう。大活躍だったわね」

「いえ、そんな」

山根がどぎまぎしているうちに、村井も姿を現した。

「いよっ、色男。ご苦労だったな」

「いろいろ指示していただいて、ありがとうございました」

「何を言ってるんだ？　全部、おまえがやったことじゃないか。まさかここまでやれるとは、俺も思ってなかったよ」

村井はうれしそうに、山根の肩をぽんぽんと叩いてくれた。

「話は車の中でもできるわ。急ぎましょう」

沙絵子がにっこり笑ってうながした。

山根は少しだけ心配になって尋ねる。

「大丈夫なんですか、沙絵子さん。出歩いたりして」

「ああ、こっちのこと?」

右手を腹部にあてがい、沙絵子はほほえんだ。実に魅惑的な笑顔だった。

「やさしいのね、ジュンくんは。体のほうは平気よ。ちゃんと仕事もしてるし」

「臨月までやるそうだぞ、こいつ。ちゃんと三ヵ月前から産休が取れるっていうのにな」

村井が少し呆れたように言った。それでも、妊娠した妻をいたわるように、そっと肩に手をまわしている。

「ちゃんと気をつけるわよ。まわりも気をつかってくれて、もうあんまり現場へは行かなくていいようになってるくらいなんだから」

「戸田がついててくれるから、俺も安心はしてるけどな」

監禁現場に駆けつけてくれた戸田刑事のことを、山根は思い出した。

骨折の手当を受けているとき、山根は初めて戸田とゆっくり話をした。はっきりと言葉にしたわけではないが、彼はどうやら沙絵子にあこがれているらしい。職場にこんなすてきな女上司がいたら、だれだって好意を持っちゃうよな。ぼくにとっての奈津美さんみたいなものだ。

そう考えたとたん、山根は奈津美のことを思い出した。たくさんのことが重なって、もう何日も前のことのような気がしていたが、新宿のKホテルで奈津美を抱いてから、まだ三日しかたっていないのだ。

事件発生から三日で犯人が捕まったのだから、上出来と言えるだろう。村井たちが相談のうえ、山根をT大に送り込まなければ、ここまで早期の解決はなかったかもしれない。

雑談をしながら歩いているうちに駐車場に着き、三人は車に乗り込んだ。運転席には村井が座った。沙絵子が助手席、山根は後部座席だ。

沙絵子さん、ほんとにいい脚をしてるな。

山根の目には、助手席に座った沙絵子の脚が、はっきりと見えていた。スカートは膝上十センチほどのミニ丈だった。グレー系のストッキングに包まれてはいるものの、むっちりしたふとももが悩ましく露出している。

その沙絵子のふとももに、重なって見えてきたものがある。佐知子のふとももだ。

こうして見ると、やはり二人の体形は似ていた。沙絵子に似た存在として、学生時代の村井が佐知子に好意を持ったのだろうと考えると、少しだけ佐知子が気の毒になった。沙絵子と比較するまでもなく、佐知子は佐知子で魅力的な女性なのだから。

でも、佐知子さんは村井さんのことを吹っ切れたって言ってた。彼女にとっては、これでよかったんだろう。

ほとんど欲望のままに行動したようなT大出張だったが、少なくとも一つはいいことをしたのかもしれないと思い、山根はにんまりした。

「景山たち、どうなってるんだ?」

ステアリングを握りながら、村井が沙絵子に尋ねた。

「詳しいことは話せないけど、取り調べはあしたからになるみたいよ。三人とも、今夜はT署に泊められるらしいわ」

「沙絵子さん、田辺って男のけがのこと、何か聞いてますか」

山根が話に割り込んだ。一発、殴ってやって痛快ではあったが、けがをしているのではないかと、実は気になっていたのだ。

「大丈夫よ。戸田くんが言ってたわ。口の中を少し切ったのと、鼻血を出しただけで、骨折とかはしてないって」

「だから言ったろ、ジュン。おまえのパンチなんて、その程度のものなんだよ」

村井がまた山根のパンチの威力に触れた。

安心はしたものの、山根は少しだけ落ち込んでもいた。殴った自分が手を骨折して、殴られたほうが鼻血を流したくらいというのでは、どうにも格好がつかない。

一つ深いため息をつき、窓の外を見ると、意外な光景が目に飛び込んできた。というより、車は見慣れない街を走っていた。新宿方面へ向かう道なら、山根もある程度は知っている。

「ここ、どこですか、村井さん」

「心配しなさんな。もうじき着くよ」

「着くって、村井さんのマンションへ向かってるんじゃないんですか」

二人は答えなかった。沙絵子が含み笑いをもらしている。

そして間もなく、村井は路肩に車を停めた。

「はい、到着いたしましたよ、ご主人様」

村井の冗談めかした言葉に、山根は首をかしげた。どう見ても知らない場所だった。目の前には十四、五階くらいのマンションが建っていて、一階にはコンビニエンスストアーが入っている。

「ここの702号室よ、ジュンくん」

後ろを振り向いて、沙絵子が言った。満面に笑みを浮かべている。

「どういうことですか、沙絵子さん」

「あなたのお食事が待ってるわ。澄ちゃんと一緒にね」

「澄ちゃん？　じゃあ、ここは」

山根はハッとなった。

「そうよ、ジュンくん。澄ちゃん、ここで暮らしてるの。早く行ってあげなさい。ちょうど食事ができてるころだと思うから、遅れたら失礼よ」

混乱しながら山根が車を降りると、村井は軽く右手をあげ、あっという間に走り去ってしまった。

澄江は門前仲町《もんぜんなかちょう》にあるワンルームマンションに住んでいると聞いていた。近くの電柱に貼られた住所表示を見ると、確かに門前仲町になっている。村井たちは、最初から山根をここへ連れてくるつもりだったのだ。

澄ちゃんが食事を作って、ぼくを待っていてくれるってことか？

骨折した山根を無視するように先に帰った澄江には、どうやらそういう目的があったらしい。ようやくそこに思い至り、山根はわくわくしながら、マンションの入口に向かって歩きだした。

2

「ああ、澄ちゃん」

玄関に迎えてくれた澄江を見て、山根は感嘆の声をあげていた。

部屋着なのだろうが、澄江はブルーのワンピース姿だった。超がつくほどのミニ丈だ。むっちりと量感をたたえた素足の白いふとももが、裾からすっかりあらわになっている。シャワーを浴びたらしく、すっきりした顔をしていた。化粧《けしょう》はまったくしておらず、いわゆるすっぴんの状態だ。

きれいだ、と山根は素直に思った。股間は鋭く反応し、肉棒がズボンの前を突きあげてきたが、それ以上に胸のほうが熱くなっていた。いとおしさがこみあげてくる。

「ごめんなさい、驚かせちゃって。あなたの骨折が大したことないって聞いて、ちょっと思いついたの。先に帰って、ご飯を作って待ってようかなって。電話で村井さんに話したら、賛成してくれたの。だったらジュンには黙っていて、驚かしてやろう、って」

「うれしいよ、澄ちゃん」

靴を脱いであがり、山根はためらうことなく澄江を抱きしめた。

どちらからともなく、二人は唇を合わせた。山根は澄江の歯を割って、自分の舌をもぐり込ませる。

澄江も積極的だった。舌をからめ合う、ぴちゃぴちゃという音が、部屋いっぱいに響きわたる。

長いくちづけを終えると、山根は床にしゃがみ込んだ。きゅっと引き締まった澄江の足首に、まずは両手をあてがった。そこからゆっくりと手をすべりあげていく。

右手には包帯が巻かれているため、実際に肌に触れることができたのは左手だけだった。それでも、山根は両手を使わずにはいられなかった。包帯越しでも、肌の感覚は充分に伝わってくる。

触れるのは二度目だった。やや筋肉の発達したふくらはぎ、膝の裏側をすぎ、間もなく山根の両手は澄江のふとももに到達した。

左手から伝わってくる、すべすべした肌ざわりと豊かな弾力に、山根は陶然となった。あまりの心地よさに、少しでも油断すれば失神するのではないかとさえ思った。しばらくの間、夢中になって澄江のふとももを撫でまわす。

たっぷり五分間は、そうしていたに違いない。

「ねえ、山根さん。ご飯が冷めちゃうわ」

少し困惑したような澄江の声で、山根は現実に立ち返った。ふとももに心を残しながらも、手を放して立ちあがる。

「ごめん、澄ちゃん。きみの脚を見てたら、どうしてもさわりたくなっちゃって」

「いいのよ。うれしいわ、山根さんがそんなふうに思ってくれて。でも、まず食べて。お腹、すいてるでしょう？」

「ああ、ぺこぺこだよ」

ごく普通のワンルームマンションだったが、ガス台の横に小さなダイニングテーブルがあった。その上には、カレーライスが用意されている。

「白状しちゃうね。前は食事も机の上でしてたのよ。でも、このテーブルと椅子、ひと月前に買ったの。いつか山根さんと、こんなふうに一緒に食べられる日が来たらいいなと思って」

ささやいた澄江の頬は、いつしか真っ赤に染まっていた。

「箸は使えないだろうなって思ったから、カレーにしちゃった。っていうか、もともと大したものはできないんだけど。いい？」

「もちろんだよ」

冷蔵庫から缶ビールを出し、澄江は二つのグラスに注いだ。

山根は左手でグラスを握った。二人は乾杯する。

「いただきます」

ビールをひと口飲んでから、山根は左手にスプーンを持った。カレーを口に運ぶと、なぜか涙が出てきた。

「どうしたの、山根さん」

「ごめん。うれしいんだ。こういうの、夢に見てたから」

「あたしもよ。あたしも夢だった」

澄江の頬にも、涙が伝ってきた。泣きながら見つめ合い、二人は食事を進めた。

「おいしいよ、澄ちゃん。すごくおいしい」

「気をつかわなくてもいいのよ。あたし、料理はあんまり慣れてないし」

「そんなことない。こんなにおいしいカレー、初めてだよ」

本音だった。澄江が自分のために作ってくれたカレーは、最高においしく思えたのだ。

食後のお茶を飲み終えると、澄江は立ちあがり、山根の手を取った。壁際に設《しつら》えられたベッドの前まで歩き、山根の足もとにひざまずく。

ここまではすでに大学会館のホテルで経験していることだったが、それでも山根は緊張した。胸の鼓動がいっぺんに速さを増してくる。

「澄ちゃん、ぼく、汗くさいかもしれないよ。シャワー、浴びてこようか？」

「ううん、いいの。あたし、早くこうしたかったから」

少し苦労しながら、澄江は山根のベルトをゆるめた。ズボンを足首まで引きおろし、続いてブリーフもずりさげてしまう。

この部屋に入ってきたときから、山根の肉棒はずっと勃起状態を保っていた。はち切れそうなほどぱんぱんに突っ張った亀頭は、先走りの透明な粘液で濡れていた。ぬらぬらと妖しく光っている。

右手で肉棒の根元を支えながら、澄江は舌を突き出した。陰嚢に近いほうから亀頭の裏側まで、ペニスの裏側をすっと舐めあげる。

「ううっ、ああ、澄ちゃん」

快感の大波が、山根の背筋を脳天に向かって走り抜けた。軽く舌を這わされただけなのに、早くも射精感に襲われた。感激が快感を強めているせいに違いない。

何度か縦の愛撫を繰り返したあと、澄江はすっぽりとペニスを口に含んだ。目を閉じて、おもむろに首を前後に振り始める。

快感が、いちだんと強いものになった。もういつ爆発してもおかしくないほど、差し迫った状態になっている。

山根は両手をおろし、澄江の頬を左右から挟みつけた。

動きを封じられた澄江は、肉棒を解放し、怪訝そうに山根を見あげてきた。

「どうしたの？　あんまり気持ちよくなかった？」

「違うよ、澄ちゃん。気持ちよすぎて、いきそうになっちゃったんだ」

「まあ、山根さんったら」

赤かった澄江の顔が、いっそう上気してきた。目が潤んでいる。

「今度はぼくの番だよ、澄ちゃん」

山根の言葉に、澄江は素直に従った。ゆっくりと立ちあがる。

その場で足踏みをするようにして、山根はズボンとブリーフを足首からはずした。靴下も脱いだあと、上半身に着ていたものをもどかしげに取り去ってしまう。

すっかり裸になったところで、山根は澄江の背後にまわり、ジッパーを全開にした。肩のあたりの生地をつまみ、腰をかがめるようにして、澄江の体からワンピースをはぎ取っていく。

ワンピースは間もなく床までおりきった。

下着姿になった澄江を、山根はうっとりと眺めた。ブラジャーはしておらず、上半身を覆っていたのは淡いベージュのキャミソールだけだった。薄い生地の向こうに、ピンクの乳首が透けて見えている。

キャミソールと同色のパンティーは、これ以上は無理というくらいに小さく作られた布きれだった。お尻のほうは全体をふんわりと包み込んでいるものの、前はヘアをぎりぎりで隠す程度の大きさしかない。

山根は思いきって、澄江の体を抱きあげた。

驚いたのか、小さな声をもらしたものの、澄江も抵抗はしなかった。黙って山根のするままに任せている。

真っ白なシーツが敷かれたベッドの上に、山根は澄江の体をおろした。少し考えた末に、彼女の向かって右側に、添い寝するように身を横たえた。右手が自由にならないため、左手を使いやすくしようと思ったのだ。

左手でキャミソールの生地越しに乳房に触れながら、山根は唇を求めた。二人の唇が重なり、またぴちゃぴちゃと淫猥な音をたてて、舌をからめ合う。

唇を放すと、山根は左手を澄江のウエストにまわした。縁に指を引っかけ、パンティーをおろしにかかる。利き手ではないため苦労したが、澄江が腰を浮かして協力してくれたせいもあって、間もなく薄布は足首までおりてきた。

パンティーを抜き取ったところで、山根は澄江に脚を開かせた。その間へ移動し、腹這いの姿勢をとる。

「何をするの？」

澄江が少しだけ心配そうな声をあげた。彼女にしてみれば、おそらく初めて経験する行為なのだ。不安にもなるだろう。

「きみに口でしてもらったから、ぼくも口でお返しがしたいんだ。いいだろう？」

「え、ええ」

両肘をベッドにつき、左右の手のひらで下からふとももを支えたいところだったが、きょうの山根は左手だけをふとももにあてがった。右手のギプスが当たると、澄江が痛がるだろうと思ったからだ。

弾力たっぷりのふとももの感触を味わいながら、秘部に向かって顔を近づけていった。まず目に入ってきたのは、濃密なヘアだった。鬱蒼《うっそう》とした茂みに守られるようにして、薄いピンクの秘唇が息づいている。

意外だったのは、ぴったりと閉じ合わされた淫裂に、蜜液がにじみ出ていたことだった。経験のない澄江でも、充分に濡れるということらしい。

噴きあがる熱気のようなものはあったが、ほかの女性で経験した淫靡な女臭は感じなかった。このあたりがバージンらしさなのかもしれない、と山根は思った。

舌を突き出し、山根はクレバスを縦に舐めあげた。秘唇が開いていないだけに、表面を舐める雰囲気になる。

それでも、澄江は感じてくれたようだった。体をびくんと震わせ、鼻にかかった悩ましいうめき声をあげる。

数回、同じように淫裂を縦になぞってから、山根は舌先をとがらせ、秘唇の合わせ目を探った。クリトリスが、すぐ舌に当たってきた。包皮をかぶってはいるが、すでに硬く充血している。

舌が触れた瞬間、澄江はベッドから腰を宙に突きあげた。

「あっ、駄目。あたし、なんか、変」

山根は舌先に神経を集めた。つんつんとつつくようにしたあと、舌先を回転させ、肉芽をなぶりまわしてみた。

澄江の体は顕著な反応を見せた。ふとももに鳥肌が立ったのだ。

初めてのことで山根は心配したが、どうやら感じたせいのようだった。その証拠には、澄江の声がいっそう甲高いものへと変化してきている。

ほんの一瞬、淫裂に指を突き入れてみようか、という考えが浮かんできたが、すぐに思い直した。なにしろ澄江はバージンなのだ。ペニスより先に、指を入れられたくはないだろう。

クリトリスへの愛撫を、山根は延々と続けた。その間、左手ではずっと澄江のふとももを撫でていた。ベッドに押しつけられた形になっている肉棒が、ぴくぴくと震えだした。いつ爆発してもおかしくないほど、いきり立ってしまっている。

これ以上、待っていたら、澄ちゃんの中に入らないうちに出ちゃいそうだ。

山根は愛撫を中断し、シーツに顔をこすりつけて、口のまわりについた淫水を拭った。

そのうえで、澄江の体の上を這いのぼる。

澄江は頬を真っ赤に染め、目をすっかり潤ませていた。

「いいのかい、澄ちゃん。ほんとうにぼくで」

「もちろんよ。あたしにも聞かせて。山根さん、あたしでいいの？」

「好きだよ、澄ちゃん。きみだけだ。ぼくにはきみしかいない」

「ああ、山根さん」

澄江が両手を山根の首にまわしてきた。

当然の結果として、二人は唇を合わせた。だが、下半身はまだつながっていなかった。肉棒の先端が、澄江の下腹部に当たっている。

唇を放すと、山根は膝立ちになり、左手でペニスの根元を握った。右肘をベッドについて上体を支えながら、左手をゆるゆると動かして澄江の淫裂を探る。

亀頭の先に唾液と蜜液のぬめりを感じたところで、山根は動きを止めた。じっと澄江の目を見つめると、彼女もまっすぐにこちらを見返してきた。

小さくうなずき、山根はほんとうにゆっくりと腰を進めた。

亀頭が淫裂を割ろうとするのだが、簡単にはいかなかった。かなりの抵抗を感じる。

「大丈夫かい、澄ちゃん。痛くない？」

「平気よ。抱いて、山根さん。あたしを抱いて」

首にまわした両手に、澄江が力を入れてきた。

その言葉に勇気を得て、山根は腰を突き出した。そして、ついに亀頭が淫裂を切り開いた。めりめりと音をたてるようにして、肉棒が澄江の体内にもぐり込んでいく。

「うわっ、ああ、澄ちゃん」

澄江の肉洞は狭かった。上下左右から、肉棒をしっかりと締めつけてくる。

「す、すごいよ、澄ちゃん。こんなに気持ちがいいなんて」

「ほんと？　うれしい。山根さん、あたし、うれしい」

「痛くないかい？　ぼくが動いても、大丈夫そう？」

「平気よ。つながってるのね、あたしたち。もう離れたくないわ」

「ああ、澄ちゃん」

許可は得たものの、それでもできるだけ慎重に、山根は腰を使い始めた。

締めつけは強烈だったが、蜜液の量は充分のようで、ピストン運動自体はスムーズに行うことができた。ただし、腰を引きすぎると、ペニスが肉洞からはじき出されそうな気がした。そうならない程度に、山根は腰を律動させる。

「たまらないよ、澄ちゃん。ぼく、もう」

「我慢なんかしないで、山根さん。あたし、うれしいの。あなたが気持ちよくなってくれたら、あたし、すごくうれしいんだから」

相変わらず、山根は右肘をベッドについていた。それを支えにして、左手を澄江の体側に沿ってすべりおろした。むっちりしたふとももに外側から触れながら、腰の動きを速めていく。

そして、ついにその瞬間が訪れた。

「あっ、で、出ちゃうよ、澄ちゃん」

「いいわよ、山根さん。来て」

「澄ちゃん。ああっ、澄ちゃん」

山根のペニスが射精の脈動を開始した。びくん、びくんと肉棒が震えるごとに、熱い思いをこめた欲望のエキスが、澄江の体の奥深くに向かってほとばしっていく。

脈動は十一回続き、ようやく肉棒はおとなしくなった。

山根は澄江に体を預け、首筋に唇を押し当てた。快感の余韻にひたる。

「好きだよ、澄ちゃん。大好きだ」

「あたしもよ、山根さん。あたし、あなたが大好き」

もう一度、二人はしっかりと唇を合わせた。

キスを終えたところで、山根はじっと目の前にいる澄江を見つめた。

「ねえ、澄ちゃん。ぼくのこと、名前で呼んでくれないかな。できれば、ジュンって呼び捨てで」

澄江は目を輝かせた。

「あたしもずっと考えてたの。いいの？　呼び捨てなんかにして」

「かまわないよ。そういうの、したことないんだ。だから、あこがれていて」

「じゃあ、呼ばせてもらうね、ジュン。これでいい？」

「いいよ。すごくいい。ああ、もっともっときみを好きになりそうだよ、澄ちゃん」

「ああ、ジュン。あたしのジュン」

また二人の唇が重なった。

山根は、澄江の肉洞の中にもぐり込んだままのペニスに、ぐぐっと力がこもってくるのを感じた。萎える間もなし、という雰囲気だ。

今夜はずっと澄ちゃんを抱いていたい。何回、出すことになるんだろう？

胸底で苦笑しながらも、山根はとにかく幸せだった。

3

どこか遠くで鐘が鳴っているような気がした。

ウエディングベルだな。もしかして、ぼくたちは結婚したのか？　いや、まだそこまでは進んでいないはずだけど。

ぼんやりした頭でそんなことを考えているうちに、音色が変化して、それが携帯電話の音であることに気づいた。あわてて体を起こし、山根は電話を手に取った。

「ジュンか？」

「ああ、村井さん。きのうはどうも」

「奈津美ちゃんの意識が戻った」

「ほんとですか？」

山根が大きな声を出したせいで、澄江も目覚めたようだった。裸のまま、山根に身を寄せてきて、電話の向こうの声を聞こうとしている。

「痛みはあるらしいが、もうすっかり元気だ。俺もびっくりだよ。昼からは面会もオーケーだ。どうだ、来るか？」

「もちろん行きます」

「じゃあ待ってる」

電話を切ったとたん、山根は澄江に抱きついた。

「奈津美さん、意識が戻ったそうだよ」

「よかった」

「お昼から面会できるんだって」

「あたしも行っていいかな」

「当たり前じゃないか」

澄江を抱き寄せ、山根は唇を重ねた。朝立ちのせいというわけではなく、肉棒は完璧なまでにそそり立っている。

出かける前にもう一度、澄ちゃんを抱けるかな。

そんな思いでふと時計を見ると、すでに十一時をまわっていた。眠りに落ちたのは外が明るくなってからだったから、それも仕方のないところかもしれなかった。澄江を抱いてから、というわけにはいきそうもない。

「支度しようか、澄ちゃん」

「わかったわ、ジュン」

少し照れくさそうに言い、山根の頬に唇を押しつけてから、澄江は浴室へと向かった。シャワーを浴びるつもりらしい。

いいな、こんな生活。澄ちゃんが近くにいてくれたら、ぼくはなんだってやれる。

全身に活力がみなぎってくるのを感じながら、山根は服を着始めた。

J医大病院に着いたのは十二時半だった。七階の個室に二人が入っていくと、五人がベッドを囲んでいた。奈津美の母親、村井と沙絵子の夫婦、風間。ベッドサイドに座って奈津美の手をしっかりと握っているのは、もちろん諸岡だ。

山根に気づいた奈津美が、にっこり笑いながら声をかけてくる。

「ああ、山根くん。心配かけちゃったわね」

いくらかほっそりした感じはするものの、奈津美は相変わらずの美しさだった。だが、いまの山根は彼女に欲望は感じなかった。心の底から、快復してよかったという気持ちになっている。

「大丈夫なんですか、奈津美さん」

「ええ、おかげ様で。あなたが犯人を捕まえてくれたんですってね。ありがとう」

「いやあ、とんでもない。ぼくは村井さんの指示で動いてただけです」

「ほらほら、謙遜《けんそん》はやめろよ、ジュン。今回の殊勲賞《しゅくん》はおまえだ」

沙絵子をはじめ、ほかのメンバー全員がうなずいた。

村井におだてられ、山根は面映《おもは》ゆい思いをしたが、みんなが祝福してくれるのはうれしかった。

「山根、一つだけ言っておくことがある」

厳しい口調で話しだしたのは諸岡だった。無精髭はさらに伸びて、だいぶやつれた感じになっていた。一途に奈津美を看病していたのだろう。

「おまえ、弁護士を目指すのをやめるかもしれないんだって?」

「え、ええ、そうなんですよ。諸岡さんの仕事を手伝わせてもらおうかな、なんて思ったりして」

山根は軽い調子で言ってみたのだが、諸岡は笑わなかった。むしろこれまで以上に堅い表情になっている。

「おまえの人生だ、最終的にはおまえ自身が決めればいい。俺の手伝いをしたいって言うのなら、それも悪くはない。だけどな、山根。おまえ、まだ達成感を味わったことがないだろう」

「達成感、ですか」

諸岡が何を言いたいのか、山根にはさっぱりわからなかった。

「司法試験に合格するとか、そういうことを言ってるんじゃない。おまえはばかじゃないし、俺だっておまえが逃げてるとは思わない。でもな、世間はやっぱりそう判断するんだよ。いまやめてしまったらな」

「ぼくにどうしろって言うんですか、諸岡さん」

山根は少し憤然となった。世間の目などを気にするのは、絶対に諸岡らしくないと思ったからだ。

「せっかくここまで頑張ってきたんだ。やれるところまで、やってみたらどうだ？」

「司法試験を受けろってことですか」

「旧制度の試験も、あと何年かで終わりだ。何かを必死でやってみるのも、いいんじゃないかって気がするんだ。たとえ落ちてもな」

「落ちても？」

二人の話を、まわりの人間は黙って聞いていた。どうやら山根がここへ来る前に、このことをみんなで話し合っていたらしい。

「問題は合格するかどうかじゃない。おまえにとことんやり抜く力があるかどうかだ。おまえが精一杯やって、それでも落ちたのなら、少なくとも俺たちは認めるよ。それがさっき言った達成感ってやつだ。合格できなくたって、ここまでやったんだって気持ちが、俺は重要だと思ってる」

「そうよ、山根くん。大学のときから、いろんなものを犠牲《ぎせい》にして、ずっと目指してきた試験じゃないの。ここであきらめるのはもったいないわ」

口を挟んだのは奈津美だった。仕事のうえでも目標にしてきた人の言葉だけに、山根にも重く感じられた。

そうか。偉そうなことを言っても、結局、ぼくは逃げてたんだな。司法試験のプレッシャーから、逃げ出したいだけだったんだ。

奈津美の顔を見ながら、山根は反省の念を抱いた。

諸岡が続けて言う。

「お節介な話かもしれない。だがな、山根、俺たちはおまえに期待してるんだよ。おまえなら探偵としてもやっていける。俺だっておまえが手伝ってくれたら、どんなに楽かわからない。だけど、何も達成したことのないおまえじゃ、ただのアルバイトになっちまう」

「アルバイト、ですか」

「ああ。なんなら弁護士資格を得てから、俺のところへ来たっていいんだ。二人で探偵事務所をやるのも悪くないしな。弁護士探偵社、なんて名前にしてもいい」

少し冗談めかして言ったが、諸岡の顔は笑っていなかった。

達成感か。確かに大事なことかもしれないな。

山根は不思議に納得するものを感じた。と同時に、自分なんかのことを一生懸命に考えてくれているみんなの存在が、とんでもなくありがたく思えた。

「頑張ってみろよ、ジュン。俺たちも応援するからさ」

力強く言ったのは風間だった。

村井が言葉を継《つ》ぐ。

「俺もな、達成感ってことに関してはおまえと同じなんだ。いろいろやってはきたが、いつも中途半端でな。モロには俺もしょっちゅう説教を食らってたよ。おまえは一つのことを最後までやり遂げたことがない、ってな」

「だけど、一馬もとうとうやったんだぞ、山根。二十年以上もあったためてきた気持ちを告白して、沙絵子と一緒になったんだからな」

「おい、モロ、関係ねえだろ、沙絵子のことなんか」

珍しく村井が顔を赤らめ、まわりのみんなが声を出して笑った。

突然、隣にいた澄江が山根の左手を握ってきた。

「やってみようよ、ジュン。あたしも一緒に頑張るから」

百倍の勇気を得たような気分で、山根はうなずいた。みんなの顔を順々に見ていき、しっかりとした口調で宣言する。

「ぼく、やります。これでもかっていうほど勉強して、司法試験、もう一回トライしてみます」

「うん、それでいい」

村井の言葉を合図に、みんなの間で自然に拍手が起こった。

この人たちのためにも、ぼくは頑張らなくちゃいけないな。それと、もちろん澄ちゃんのために。

なぜか涙があふれてくるのを感じながら、澄江の手を握る自分の手に、山根はぎゅっと力をこめた。

＊この作品は、「特選小説」（綜合図書）の２００８年８月号から２００９年６月号まで連載された「見習い探偵、疾る！」を加筆改稿のうえ改題したもので、内容はすべてフィクションです。登場する人物および団体は、すべて実在するものと一切関係ありません。

一〇〇字書評

切り取り線

購買動機（新聞、雑誌名を記入するか、あるいは○をつけてください）	
□（　　　　　　　　）の広告を見て	
□（　　　　　　　　）の書評を見て	
□ 知人のすすめで	□ タイトルに惹かれて
□ カバーがよかったから	□ 内容が面白そうだから
□ 好きな作家だから	□ 好きな分野の本だから

●最近、最も感銘を受けた作品名をお書きください

●あなたのお好きな作家名をお書きください

●その他、ご要望がありましたらお書きください

住所	〒				
氏名		職業		年齢	
Eメール	※携帯には配信できません		新刊情報等のメール配信を 希望する・しない		

あなたにお願い

この本の感想を、編集部までお寄せいただけたらありがたく存じます。今後の企画の参考にさせていただきます。Eメールでも結構です。

いただいた「一〇〇字書評」は、新聞・雑誌等に紹介させていただくことがあります。その場合はお礼として特製図書カードを差し上げます。

前ページの原稿用紙に書評をお書きの上、切り取り、左記までお送り下さい。宛先の住所は不要です。

なお、ご記入いただいたお名前、ご住所等は、書評紹介の事前了解、謝礼のお届けのためだけに利用し、そのほかの目的のために利用することはありません。

〒一〇一-八七〇一
祥伝社文庫編集長　加藤　淳
☎〇三(三二六五)二〇八〇
bunko@shodensha.co.jp

祥伝社ホームページの「ブックレビュー」からも、書き込めます。
http://www.shodensha.co.jp/bookreview/

祥伝社文庫

上質のエンターテインメントを！　珠玉のエスプリを！

祥伝社文庫は創刊15周年を迎える2000年を機に、ここに新たな宣言をいたします。いつの世にも変わらない価値観、つまり「豊かな心」「深い知恵」「大きな楽しみ」に満ちた作品を厳選し、次代を拓く書下ろし作品を大胆に起用し、読者の皆様の心に響く文庫を目指します。どうぞご意見、ご希望を編集部までお寄せくださるよう、お願いいたします。

2000年1月1日　　祥伝社文庫編集部

淫《みだ》らな調査《ちようさ》　見習《みなら》い探偵《たんてい》、疾《はし》る！　長編官能ロマン

平成22年3月20日　初版第1刷発行

著者　牧《まき》村《むら》僚《りよう》
発行者　竹内和芳
発行所　祥《しよう》伝《でん》社《しや》
東京都千代田区神田神保町3-6-5
九段尚学ビル　〒101-8701
☎03(3265)2081(販売部)
☎03(3265)2080(編集部)
☎03(3265)3622(業務部)
印刷所　堀内印刷
製本所　積信堂

ISBN978-4-396-33565-6 C0193

祥伝社のホームページ・http://www.shodensha.co.jp/